KUWEI

酷威文化

图书 影视

乞力马扎罗的雪

The Snows of Kilimanjaro

[美] 欧内斯特·米勒·海明威 著

黄韵雅 译

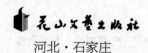

花山文艺出版社

河北·石家庄

图书在版编目（CIP）数据

乞力马扎罗的雪 /（美）欧内斯特·米勒·海明威著；
黄韵雅译著 . -- 石家庄 : 花山文艺出版社，2020.7
ISBN 978-7-5511-4431-5

Ⅰ . ①乞… Ⅱ . ①欧… ②黄… Ⅲ . ①中篇小说 – 小
说集 – 美国 – 现代②短篇小说 – 小说集 – 美国 – 现代
Ⅳ . ① I712.45

中国版本图书馆 CIP 数据核字（2020）第 075277 号

书　　名：**乞力马扎罗的雪**
　　　　　QI LI MA ZHA LUO DE XUE
著　　者：欧内斯特·米勒·海明威
译　　者：黄韵雅

责任编辑：刘燕军
特约策划：刘思懿
特约编辑：关　尔　申惠妍
责任校对：李　鸥
封面设计：末末美书
出版发行：花山文艺出版社（邮政编码：050061）
　　　　　（河北省石家庄市友谊北大街 330 号）
销售热线：0311-88643221/29/31/32/26
传　　真：0311-88643225
印　　刷：三河市海新印务有限公司
经　　销：新华书店
开　　本：880×1230　1/32
印　　张：7
字　　数：120 千字
版　　次：2020 年 7 月第 1 版
　　　　　2020 年 7 月第 1 次印刷
书　　号：ISBN 978-7-5511-4431-5
定　　价：39.80 元

Contents

目 录

The
Snows
of
Kilimanjaro

乞力马扎罗的雪

乞力马扎罗山高19710英尺，常年被积雪覆盖，号称"非洲最高的山峰"，马赛语称其西峰峰顶为"纳加吉·纳加伊"，意为"上帝之所"。靠近西峰顶部有一具尸体，是只被风干冻硬的豹子。没人能解释得了那只豹子跑到如此之高的地方来做什么。

"最妙的是一点儿都不疼，"他说，"这时候你就知道坏事了。"

"真是这样？"

"绝对是这样。我很抱歉，这气味一定熏到你了。"

"没有的事！千万别这么说。"

"瞧瞧它们，"他说，"不知是我这副鬼样子还是这股子臭味把它们给招来了。"

行军床置在宽茂婆娑的金合欢树下，男人躺在上面，透过树荫眺向炫目刺眼的平原。三只面目可憎的大鸟蹲在那儿，天空中还盘旋着几十只，掠过时留下一道道迅捷的影子。

"自从卡车抛锚以来，它们就在那儿盘旋了，"他说，"今天是第一次见它们落在地面上。说来好笑，我起初还非常仔细地观察过它们的飞行姿态，以防有一天写小说时用得着。"

"我求你别这么想。"她说。

"我只不过说说罢了，"他说，"说说话能让我好受一点儿，但我不想扰得你心烦。"

"你知道我不会烦这个，"她说，"只是什么事都做不了，真让人心焦难安。我觉得我们应该尽量放轻松点儿，只等飞机来就好。"

"等吧，或许飞机压根不来。"

"求你告诉我，我能做些什么？一定有什么是我能帮得上的。"

"你可以帮我把这条腿锯掉，或许还能阻止它继续恶化，不过我很怀疑有没有用。不然，你干脆朝我来一枪。你现在的打枪水平还不错。我教过你射击，不是吗？"

"拜托你，别那样说话了。要不我给你读点儿东西？"

"读什么？"

"随便在书包里挑本没有读过的。"

"我可听不进去,"他说,"说话是最轻松容易的。我们吵吵架,时间也就过去了。"

"我不想吵架,也从来不想吵架。我们别再吵架了,无论神经多紧张都不要吵了。他们今天可能会搭另一辆卡车回来。说不定飞机就要到了呢。"

"我不想折腾了,"男人说,"除了能让你觉得好受点儿,现在走已经没有意义了。"

"懦弱。"

"你就不能让一个男人死得舒服点儿?别骂人好吗?再说骂我有用吗?"

"你不会死的。"

"别傻了。我就快死了。不信问问那些杂种。"他朝那些肮脏的大鸟蹲着的地方看过去,大鸟光秃秃的脑袋埋在耸起的羽毛里。第四只鸟落了下来,降落时快速跑了几步,接着慢腾腾地朝另外三只蹒跚走去。

"每个营地都看得见它们,只不过你从不注意而已。只要你不自暴自弃,就不会死。"

"你在哪里看的这些?真是蠢透了。"

"你可以想想其他什么人。"

"天哪,你可饶了我吧,"他说,"我就是干这个的。"

随后，他躺了下来，安静了一会儿，隔着平原上蒸腾的热浪望向灌木丛的边际。几只野羚羊匆匆闪现，仿佛点缀在黄色草原上的白点；更远处，他看到一群斑马，白色的身影衬在绿色的灌木丛中。这是个舒适宜人的营地，它安置在大树下，背靠山坡，有不错的水源，清晨的时候，几只沙鸡会在不远处快干涸的水塘里扑腾。

"你真不想让我读点儿什么吗？"她坐在行军床旁边的帆布椅子上问道，"起风了。"

"不想听，谢谢。"

"也许卡车就要来了。"

"我才不在乎什么破卡车来不来。"

"我在乎。"

"你在乎的那么多该死的事全都是我不在乎的。"

"没那么多，哈里。"

"喝点酒怎么样？"

"这对你没好处。《布莱克手册》①里面说了，要戒掉所有酒精。你不应该喝酒。"

"摩洛！"他喊道。

"您吩咐，先生。"

---

① 《布莱克手册》：一种指导健康的小手册，其作者詹姆斯·布莱克倡导戒酒。

"拿杯威士忌苏打。"

"好的，先生。"

"你不该喝酒的，"她说，"这就是我说的自暴自弃的意思。手册上说了，这对你不好。我知道酒对你没好处。"

"不，"他说，"它对我有好处。"

现在一切都结束了，他想。看来他再也没有机会完成它了。看来这就是结束的方式，在为喝一杯酒而引起的争吵中结束了。自从坏疽从他的右腿蔓延开来，他就感受不到疼痛了，连恐惧也随疼痛一并离去。如今，他能感知的只有筋疲力尽的疲惫及命之将至而处境不快的愤怒。对此，这业已临近的终结，于他而言已失去了好奇。它纠缠自己多年，但是现在它却失去了任何的意义。不可思议的是，足够的疲倦居然能如此容易让人抛却一切思考。

现在，他再也无法执笔了，他曾留存下来想等到能力足够时再去写的东西，再也不能写了。也好，他也不必再为试图写什么而历经挫折，摧残身心了。也许根本就写不出东西来，那才是自己一再拖延、不肯动笔的原因。不过，他现在永远也无从得知了。

"我真希望我们从没来过这里。"女人捧着杯子，咬着嘴唇看着他，"要是在巴黎，你根本不会染上这种病。你总说你喜爱巴黎。我们本可以待在巴黎或去其他任何地方。去哪儿都行。我说过我乐意去你想去的任何地方。
如果想打猎，我们可以去匈牙利，那样也会很不错。"

"这都怪你那该死的臭钱。"他说。

"这不公平。"她说，"我的钱不就是你的？我抛下一
切，随你去任何你想去的地方，跟着你做任何你想做的
事。我不过是希望我们从没来过这里。"

"你说过你喜欢这儿。"

"我是说过，但那时你还好好的。现在，我憎恶这里。
我不明白为什么这种事会发生在你的身上。我们究竟做
了什么，让这倒霉的一切撞到我们头上？"

"我猜，我干的无非是在刚开始刮伤时忘了给伤口擦
碘酒，因为我从没被感染过，所以之后也没管它。再后来，
伤口开始恶化，可其他抗菌剂也用完了，只好用弱效的
碳化溶液，结果麻痹了毛细血管，产生了坏疽。"他看着
她，"还有别的吗？"

"我不是那个意思。"

"如果我们雇一个好修理工，而不是吊儿郎当的吉库
尤①司机，他就会检查机油，绝不会把卡车的轴承给烧了。"

"我也不是这个意思。"

————————

① 吉库尤（Kikuyu）：肯尼亚最大的民族，主要居住在肯尼亚中部高原地区。

"要是你没有离开你那帮人，你那该死的老韦斯特伯里、萨拉托加，还有棕榈滩①的那些家伙，而跑来和我待在一起的话——"

"你都在说些什么。我爱你。这不公平。我现在爱你，我将会永远爱你。难道说你不爱我吗？"

"不爱，"男人说，"恐怕我没爱过。从来没有。"

"哈里，你在说什么呀？你昏了头了。"

"没有。我没什么头好昏的。"

"别喝了，"她劝道，"亲爱的，求你别喝了。我们得尽全力。"

"你自己尽力吧，"他说，"我累了。"

这会儿，他的脑海中显现出卡拉加奇②的一个火车站：他背着背包站在那里，辛普伦－东方快车③的头灯划破黑夜，彼时，他就要在撤退之后离开色雷斯④了。那是他攒下来要写的一段东西。早餐时，他看着窗外保加利亚群

---

① 老韦斯特伯里、萨拉托加、棕榈滩：美国富人区地名。

② 卡拉加奇（Karagatch）：土耳其地名。

③ 辛普伦-东方快车（Simplon-Orient）：1919 年通车，从巴黎行至伊斯坦布尔。

④ 色雷斯（Thrace）：地名，此处提及的是 1922 年希腊-土耳其战争中，希腊军队在色雷斯地区被击败撤退的事件。经过两次巴尔干战争和希腊-土耳其战争之后，色雷斯由保加利亚、土耳其和希腊三国各占领一部分。

山上的积雪，弗里德托夫·南森①的秘书问老人那是不是雪。老人望着山说："不，那不是雪，还不到下雪的时候。"秘书便对其他女孩重复了这话："瞧吧，不是雪。""不是雪，"女孩们纷纷应承道，"我们弄错了，那并不是雪。"但，那的确是雪，在他致力难民交换时，是他把她们送进了大雪中。她们在那个冬天踩着大雪行走，直到死亡。

那一年的圣诞节，高尔塔尔山也下了整整一个礼拜的雪。那一年，他们住在伐木工的小屋子里，方形的大瓷炉子占领了一半的房间。当那个在雪地里留下血脚印的逃兵闯进来时，他们正睡在塞满山毛榉叶子的床垫上。他说警察就要追上他了。他们给他穿上羊毛袜，出去同宪兵们周旋拉扯，直到大雪覆盖了血的印记。

在施伦茨②，圣诞节那天的雪真是太清亮了。当你从小酒馆看外边的人们走出教堂回家时，那亮简直能刺痛你的双目。他们沿着河边那条被雪橇磨光了的土黄色小路，扛着沉甸甸的滑雪板走上长松树的山坡，然后从马德勒小屋上面的冰川一路滑下来。那里的雪就像蛋糕上的糖霜一样柔滑，像面粉一样轻盈。他记得那悄无声息的滑行，

---

① 弗里德托夫·南森（Fridtjof Wedel-Jarlsberg Nansen）：探险家、外交家、人道主义者，因在"一战"难民安置等方面工作出色而获诺贝尔和平奖。

② 施伦茨（Schrunz）：奥地利滑雪圣地。海明威曾与第一任妻子在这里过冬。

人快得如鸟儿滑翔一般。

那次，他们被暴风雪困在马德勒小屋一个星期，整日在马灯的烟雾缭绕中打牌。伦特先生越输，加的赌注就越高。终于，他什么都输尽了。所有的一切：滑雪学校资金、整个赛季的利润，最后是他的资本钱。直到现在，他还能记得伦特的样子：他的长鼻子凑过去，拿起牌翻开，大叫着"Sans Voir"①。那会儿，他总是在赌博：没下雪时赌，雪下大了依然在赌。他在想自己一生中究竟在赌博上耗费了多少时光。

但是，对于这些事他一行字都没写过，没写过那个寒冷耀目的圣诞节，平原上倒映着群山的阴影；巴克飞过边界线去炸撤离奥地利的军官的火车；在军官四下逃窜时，巴克用机关枪扫射他们。他记得后来巴克走进食堂，讲述这个故事。大家静静地听着，然后有人说："你这个狗娘养的刽子手。"

他们杀死的，和那些同他们一起滑雪的人一样，都是奥地利人。不过，不是同一批人。那一整年都在陪他滑雪的汉斯，曾经属于"皇家猎人"②。他们在锯木厂上方

----

① Sans Voir：法文，意为"不看"。
② 皇家猎人（Kaiserjäge）：奥匈帝国精锐部队，1895 年形成，1918 年随国父君主制结束而解散。

的小山谷上打野兔时，两人聊起了帕苏比奥战役，还有
攻打佩尔蒂卡拉和阿萨隆尼的事情。他对此也从未写过
一个词。他既没写过蒙特科尔纳，也没写过西艾特科慕尼，
更没写阿西艾罗①。

　　他究竟在福拉尔贝格和阿尔贝格②待了多少个冬天？
应该是四个。接着，他想起当他们走进布卢登茨③买礼物
时碰到的那个卖狐狸的人；想起上好的樱桃白兰地在唇
齿间散发的樱桃核香味；想起在松软的雪地上疾驰而行，
唱着"嘿！嚯！罗莉说"④，滑下最后一段坡道，从陡峭
的山崖直冲下去，转三个弯穿过果园，越过沟渠，落在
小客栈后面结冰的道路上。他们松开绑带，踢掉滑雪板，
把它们倚靠在旅馆的木墙上。灯光从窗户里渗出，屋子
里烟雾缭绕，新酿的酒香气四溢，散发着温暖的气息，
他们拉着手风琴。

　　"我们在巴黎时住在哪里？"他问那个现在正坐在他
身旁帆布椅上的女人。

---

① 蒙特科尔纳、西艾特科慕尼、阿西艾罗：均为意大利地名。
② 福拉尔贝格、阿尔贝格：奥地利度假区。
③ 布卢登茨 (Bludenz)：奥地利地名。
④ 这首歌出自民谣《井里的青蛙》(*Froginthewell*)。

"住克利翁①。你明明知道。"

"为什么我会知道这个？"

"我们一直住在那儿。"

"不，不是一直。"

"除了那里，要么我们就住在圣日耳曼区的亨利四世洋亭。你说你爱那个地方。"

"爱是一坨屎，"哈里说，"而我就是站在屎堆上打鸣的公鸡。"

"如果不得不离开人世，"她说，"有必要把一切都毁掉吗？我是说你一定要带走一切吗？杀了你的马，杀了你的妻子，烧了你的马鞍和盔甲？"

"没错，你那该死的钱就是我的盔甲。它们是我的快马和盔甲。"

"别这样说。"

"好吧。我不说了。我不想伤害你。"

"现在说有点儿晚了。"

"那好吧，我会继续刺痛你。这还挺有趣，反正现在我唯一喜欢和你做的事也做不了了。"

"不，这不是真的。你喜欢很多事情，所有你想做的

---

① 克利翁（Crillon）：位于巴黎协和广场，是巴黎极具文化底蕴的奢华酒店。

我都会陪你做。"

"天，看在上帝的分上，别说好听的话了，行吗？"

他看着她，发现她哭了。

"听着，"他说，"你认为我这么说是为了有趣？我不知道我为什么要说那些话。我想我不过是要试图毁了一切，让自己活下来。我们开始说话时，我还好好的。我不是故意挑起来的，现在的我疯了，跟个老傻瓜似的对你说着残忍的话。亲爱的，别在意我的疯话。我爱你，真心爱你。你知道我爱你。我从来没有像爱你那样爱过别人……"

他又溜进了他熟悉的、赖以维生的谎言里。

"你对我真好。"

"你这婊子，"他说，"你这有钱的婊子。这是句诗。这会儿，我很有诗性。腐烂和诗歌。腐烂的诗歌。"

"住口。哈里，你为什么现在非要变成一个恶魔呢？"

"我什么都不想留下。"男人说，"我不想死后还留什么东西。"

现在已经是傍晚了，他从睡梦中醒了过来。太阳落到了山的背后，整个平原上都笼罩着阴影，一些小动物在营地附近觅食。他注意到它们已远离灌木丛，脑袋正快速地抬落，尾巴扫来扫去。大鸟不再守在地面上，全都栖息在一棵树上，沉甸甸的，数量看起来更多了。他的贴身男仆坐在床的一旁。

"夫人去打猎了。"男仆说，"先生想要点儿什么？"

"什么都不要。"

她要去猎点儿肉回来。因为知道他不爱看射猎，因此她去了一个远点儿的地方，不打扰他视野内这一小块平原的宁静。她总是很体贴，他想。不论是她知道的、读到的，还是听来的，她总是思虑周全。

他来到她身边的时候，他就已经完蛋了。这不是她的错。一个女人怎么会知道自己说话口不对心？怎么会知道自己不过出于习惯随口一说，只为图个舒坦？自从他不再真心待人后，他的谎言比起真话，更讨女人欢心。

他并没撒很多谎，不过也没说什么实话。他曾有过自己的生活，但已经结束了；然后，他又有了新的生活，和其他什么人，有更多的钱，在一些旧爱之地，还有一些新欢之处。

要是不去思索，一切都还过得去；心里有了计较和防备后，就不会像大多数人一样伤心崩溃。自己对过去所做的工作总是摆出一副不在乎的样子，如今终于不能再做了。但是，私下里对自己说要写写关于这些人的事；写他们的泼天富贵；写自己不属于他们，而是打入他们国度的刺探者；写自己终会离开，把这些过往都化成文字，至少有一次，是个知情知底的人在写作。但是，他再也不能够了，因为每天都不写作，日子安适地过，扮演着那些他自己瞧不起的人，这一切都在慢慢地消解了他的能力，消磨了他工作的意志。最后，他就再也不工作了。当他不工作时，那些他认识的人都变得顺眼多了。非洲是他一生最美好之时所得快乐最多的地方，因此他才回到这里，想重新开始。他们安排了这次并不怎么舒适的游猎：没有多么艰苦，但也不豪华奢侈。他以为可以通过这种方式重新锻炼自己，给自己的灵魂减减肥，就像拳击手为了塑造身形去山里训练一样。

她本来喜欢它。她说过她热爱这次旅行。她热衷于任何令人感到兴奋的事情，包括环境的变化，那里有新的人和愉快的事物，就连他也有了恢复工作意愿的错觉。现在，如果就这样结束，他清楚结局如此，但绝不能与因为断了脊背就咬自己的蛇一个样。这不是那女人的错。就算不是她，也会是其他人。他如果是靠谎言生活的，那么就该努力地死于谎言。他听见山那边传来一声枪响。

这个好心、有钱的婊子打得一手好枪。这个和蔼的看护人是他才华的毁灭者。全都是放屁，是他自己摧毁了自己的才华，为什么要赖到这个女人的头上，难道因为她尽心尽力的照顾吗？他懒怠动用自己的才能，背叛了自己，背叛了信念。酗酒无度钝化了他锐利的观感，懒惰倦怠、势利傲慢和不择手段，种种一切，让自己的才华尽失。这都算什么？一本旧书目录？他的天分到底是什么？没错，他曾有过一种天赋，但他没好好使用，反而用来做了交易。他从不过问自己做了什么，总是在意能做什么。因此，他选择用其他东西代替纸笔上的谋生。同样奇怪的是，每当他爱上另一个女人时，这个女人总是比上一个女人更有钱，难道不是吗？可是，当他不再爱了，当他只用谎言哄骗人的时候，就像他现在对待的这个女人——她是他所有女人中最有钱的一个，腰缠万贯，曾也有过丈夫和孩子，有过不如意的情人，她把他当作一个作家、一个男人、一位伴侣、一个值得炫耀的占有物来爱——可奇怪的是，当他满嘴谎言并不再爱她时，他给予她的却比真正爱她时要多。

无论你的成就如何，他想，你生活的方式就是你的天赋所在。他这一生都在以这一种或者那一种方式贩售自己的生命力。当你的感情不那么沉重时，你付出的反而物超所值。他早就发现了这一点，但他绝不会把这个写下来，即便是现在，也同样不会。不，他不会写，尽管这很值得一写。

她走进了他的视线，现在正穿过旷野走向营地。她穿着马裤，扛着一支来复枪。两个男仆抬着一只野羚跟在她身后。他想，她仍是一个好看的女人，有副令人愉悦的身体。她对床笫之事有极好的天赋和品味。虽然她不漂亮，但他喜欢她的面孔。她读了很多书，喜欢骑马打猎，当然，她酒喝得太多了点儿。她的丈夫在她还相当年轻的时候就死了，她有段时间全身心地去照顾两个刚长大的孩子，可孩子们并不需要她，反而觉得她的左围右绕令他们难堪。于是，她便把注意力放到了马匹、书本和酒瓶子上。她喜欢在晚餐前就着威士忌苏打读点儿书。到了晚餐时，她已经有了几分醉意，吃饭时再喝上一瓶葡萄酒，通常会醉到足以昏睡过去。

那是在有情人之前。有了情人以后，她就不再喝那么多了，因为她不再需要酒精来帮她入眠了。但是，情人使她感到无聊。她曾嫁给了一个从不会让她厌倦的男人，而这些人，让她厌烦至极。

后来，她两个孩子中的一个在一次飞机失事中丧生了。在那之后，她就不再流连于情人，也不再靠酒精麻醉自己，而是不得不找寻另一种生活。突然间，她对独自一人感到了深切的恐惧，她想有一个值得她尊重的伴侣。

事情开始的时候非常简单。她喜欢他写的东西，总是对他过的生活表示钦慕，认为他完全按照自己的个人意愿过活了。她得到他的步骤和她最终爱上他的方式都属于正常发展的一部分。于是，她为自己建立了一种新的生活，而他，则出卖了剩余的旧生活。

他以此换来了安全，换来了舒适。这没什么好否认的。不然还能换来什么呢？他不知道。她会为他买任何他想要的东西，这个他清楚。她这女人该死的甜美，他乐意和她上床，就像和其他女人那样；他甚至更乐意上她的床，因为她富有，她令人愉悦，品位不俗，而且她从不玩一哭二闹三上吊的把戏。如今，她重新建立的生活就要宣告过期了，就因为两周前他没有擦碘酒。当时，他们去拍摄一群非洲水羚，在向前靠近时，一根荆棘划破了他的膝盖。它们抬起头一边张望，一边用鼻子嗅着空气，耳朵竖了起来警戒周围的异声，一旦有动静它们就会冲进灌木丛里。然而，它们还是跑了——在他拍下照片之前。

她现在过来了。

他躺在行军床上，转头看向她。"嗨。"他朝她打了个招呼。

"我打到了一只公羚羊。"她告诉他，"用它给你炖锅好汤，我再让他们做点儿加可宁① 奶粉的土豆泥。你感觉怎么样？"

"好多了。"

"这不是很好吗？我就想也许你会好起来的，你知道这个的。我离开时你睡着了。"

"我睡得很香。你走得很远吗？"

"不远。就在山后面。我打那只羚羊时准头可真不错。"

"你枪法很棒，你知道的。"

"我喜欢打猎。我喜欢非洲。真的。如果你好好的，这会是我有史以来最有趣的经历。你不知道我和你一起打猎有多开心。我本来就爱这个国家。"

"我也爱它。"

"亲爱的，你不知道看到你感觉好点儿了有多棒。你之前郁郁寡欢的样子我简直受不了。别再那样对我说话了，好不好？答应我。"

"不会了，"他说，"我不记得我说了什么。"

"你没必要毁了我，是吧？我只是一个爱你的中年女人，想陪你做你想做的事。我已经被摧毁过两三次了。

---

① 可宁（Klim）：雀巢旗下的奶粉牌子。

你不会想再次摧毁我，对吗？"

"我乐意在床上毁灭你几次。"他说。

"真好，那真是愉快的毁灭。我们就是为那种毁灭而生的。明天，飞机就会来这儿了。"

"你怎么知道的？"

"我敢肯定，它一定会来。仆人们已经准备好要生火的木柴和干草了。今天，我又下去看了一眼，那里有足够的空间供飞机降落。我们准备在两头都生火。"

"是什么让你觉得它明天会来？"

"我就是知道。它现在已经迟了。等到了镇上，他们会治好你的腿，然后我们再享受几次美妙的毁灭，而不是用恶毒的话撕了对方。"

"我们能喝杯酒吗？太阳下山了。"

"你觉得你能喝吗？"

"我得喝一杯。"

"我们一起喝点儿吧。摩洛，来两杯威士忌苏打！"她吩咐道。

"你最好穿上你的防蚊靴。"他对她说。

"等我洗完澡之后吧……"

他们喝酒时，光线渐渐暗了下来，暗到枪管无法瞄准。在天色黑尽之前，一只鬣狗穿过旷野朝山坡跑去。

"这个杂碎每晚都打这儿过，"男人说道，"两周以来，每晚都这样。"

"晚上的叫声就是它搞出来的。我倒不是很在乎，它们长得够恶心的。"

他们一起饮着酒。除了总躺在一个地方有点儿不舒服，他没有感到任何疼痛。男仆们生了篝火，火光的影子映着帐篷跳动，他能感受到那种对生活的放任感又席卷而来。她对他真的很好，他却一整个下午都表现得像个浑蛋。她是个好女人，不能再好了。就在这一刻，他意识到自己要死了。

这念头来势汹汹，不是洪水般奔腾，也不是暴风般迅猛，而是一股突然充满作呕气味的空虚。奇怪的是，那只鬣狗顺着这气味的边缘溜达了过来。

"怎么了，哈里？"她问他。

"没事，"他说，"你最好移到另一边，移到向风的那边去。"

"摩洛换敷药了吗？"

"换了。我现在敷的是硼酸。"

"你感觉怎么样？"

"有点儿晕。"

"我得去洗澡，"她说，"很快就会出来和你一起吃饭，然后我们把行军床弄进去。"

"瞧吧，"他对自己说，"我们成功地阻止了争吵。"他很少同这个女人吵架，而他与自己所爱的女人却吵了那么多回。终于，吵架腐蚀了感情，磨灭了他们在一起的点点滴滴。他爱得太深，要求得太多，最终全被消磨殆尽。

他想起他那时独自待在君士坦丁堡的情形。他是在巴黎大吵了一架后出走的。此后，他整日嫖娼宿妓，每次完事后，寂寞非但不能排解，反而更甚。他写信给第一个她，离开他的那个她，在信里诉说他如何放之不下：某一次，当他以为自己在摄政区外看到她时，他是如何天旋地转、心内煎熬的；说他又如何沿着林荫道尾随一个看上去像她的女人，害怕看到的不是她，害怕这份期盼化为轻烟消散；说他每睡过一个女人后，只会徒增对她的思念；说他当看清自己无法治愈爱她的心后，她曾经所做便不值一提……他在俱乐部写了这封信，头脑清醒冷静，然后邮寄到纽约，恳求她回信到他在巴黎的办公室——这样看起来更为保险一点儿。那个晚上，他太过想念她，心里着实空虚难耐，在游逛过马克西姆那里时，便找了一个姑娘共进晚餐。之后，他俩去其他地方跳了舞。她跳得糟透了，他就丢下她找了一个身材火热的亚美尼亚妓女。

她的肚皮摇荡扭摆着蹭向他，他几乎要被灼伤。一番大打出手后，他才把她从英国炮兵中尉手里夺过来。炮兵叫他出去，两个人在黑暗的鹅卵石街道上打了起来。他两次狠狠地打中炮兵，揍在炮兵侧面下巴上，那人还没倒，他便知道有场恶斗了。炮兵击中了他的身体，一拳头打在他的眼角上。他上了左勾拳，炮兵被打中，扑过来抓住了他的外套，一把将他的袖子扯了下来。他冲着炮兵的耳背来了两拳，推开时还用右手砸了一锤。倒下的时候，炮兵的头部先摔到了地上。听见宪兵快要走近，他和那女孩连忙跑掉了。他们上了一辆出租车，沿着博斯普鲁斯海峡①一路开到里米利·希萨，兜了个圈子，然后乘着寒夜回来，爬上了床。她摸上去和看上去一样成熟，肌肤细腻，嫩如玫瑰，甜如糖浆，腰腹平滑，双乳丰肥。在她屁股下面垫枕头都是多余之举。然而，她在清晨第一缕光线里美貌不再，粗俗尽显。于是，他在她醒来之前就走掉了。他带着一只乌青眼来到佩拉宫酒店，手里抓着外套，因为一只袖子被扯掉了。

当晚，他去了安纳托利亚②。他记得那趟旅程的后半段，整日骑马穿行在他们为了收获鸦片而种养的罂粟花

---

① 博斯普鲁斯海峡（Bosporus Strait）：又名伊斯坦布尔海峡，沟通黑海和马尔马拉海。
② 安纳托利亚（Anatolia）：亚洲西南部的半岛，隶属于土耳其。

地里。它们使你觉得怪异，似乎朝哪里走都不对。最终，他来到了他们和那些刚刚抵达君士坦丁堡的军官们一起发动进攻的地方。那些家伙狗屁不通，居然把炮弹打到了自家队伍里，气得英国观察员像个孩子一样哇哇大哭。

那天是他第一次看到穿着白色芭蕾舞裙和缀绒球翘头鞋的死人。他看到土耳其人如潮水般涌来，穿着裙子的男人四下奔跑，军官们朝着他们射击，后来军官自己也跑了起来。他和英国观察员也在奔命，直到他跑到肺部疼痛，嘴里充满了铁锈味，才停在一堆岩石后头。土耳其人依旧一波接一波地涌来。后来，他看到了些他想都想不到的事情。再后来，他看到的事更糟糕了，以致当他回到巴黎时无法谈论这些事，也无法忍受有人提及它。他经过一家咖啡馆，看见一个面前摆着一摞茶托杯盏，那张土豆脸上挂着一副蠢相的美国诗人，正和一个自称是特里斯坦·查拉①的罗马尼亚人谈论"达达运动"。美国诗人总是戴着单片眼镜，时常头疼。然后，他回到了公寓，和他重新相爱的妻子待在一处。争吵结束了，疯狂也结束了，回家真让人开心。好景不长，办事处把他的信送到了他的公寓。有一天早上，回复他的那封信被

---

① 特里斯坦·查拉（Tristan Tzara）：罗马尼亚裔法国诗人，达达主义创始人之一。达达主义是 20 世纪西方文艺发展历程中的一个重要流派。

放在托盘里送了过来。他一看笔迹，全身都凉透了，企图把这封信塞到另一封信的下面，但是他的妻子说："亲爱的，那封信是谁的？"于是，好日子刚刚开始就又夭折了。

他记得所有和她们度过的好时光，也记得那些争吵。她们吵架总是很会挑地方。为什么这些女人老是在他心情好的时候同他吵架？他从未写过这些事，起初的理由是他不想伤害任何一个人，后来是因为他要写的东西已经足够多了，没必要了。不过，他一直以为自己最终还是会写的，因为可写的东西实在太多了。他目睹了世界的变化，不是说仅仅看到世上发生的那些大事；尽管他见识过许多，也观察过很多人，但是他看到了微妙的变化，还记得人们在不同时期的状态。他曾生活在其中，也观察过，将其写下来是他的职责。但是，他再也写不了了。

"你感觉怎么样？"她问道。这会儿，她已经洗完澡从帐篷里出来了。

"还凑合。"

"你现在能吃饭吗？"他看见摩洛跟在她后面，提着张折叠桌，另一个男仆端着盘子。

"我想写点儿什么。"他说。

"你应该喝些肉汤来保持体力。"

"我今晚就要死了，不需要保持体力。"

"别一副神经兮兮的夸张样，哈里，我拜托你。"

"你为什么不用用你的鼻子？我都烂到大腿根了。我他×还喝肉汤干吗？摩洛，给我威士忌苏打。"

"喝点儿汤吧，求你。"她轻轻地乞求道。

"好吧。"

肉汤太烫了。他不得不端着杯子等它晾凉了，然后一口气喝了它。

"你真是个好女人，"他说，"别在意我了。"

她看着他，扬起她那张在《激流》和《城市与乡村》上广受喜爱的脸看着他。酒精略微侵蚀了这张脸，床事亦稍加摧残了她的面庞，但《城市与乡村》可从未展示过她那漂亮的乳房、有力的大腿，以及那双轻轻爱抚你后腰的手。当看着她的笑容时，他再次感到死亡的临近。不过，这次并不那么迅急，而是轻轻缓缓的，就像吹晃烛光、拔高烛火的微风一样。

"他们待会儿可以把我的蚊帐拿出来挂在树上，点上篝火。今晚，我不进帐篷了，不值得挪来挪去了。晚上天气很好，不会下雨。"

看来这就是自己死亡的方式了，在一片听不见的瑟瑟风声中。也好，再也不会有争吵了，这个他可以保证。他从未有过这种经历，他可不想给搞砸了。保不齐他还是不能如愿，毕竟已经搞砸了一切。也许，这次不会了。

"你不会听写速记吗？"

"我没学过。"她告诉他。

"没关系。"

没时间了，这点毫无疑问。虽然那些事似乎像是被压缩了，但是如果处理得当，你可以把所有事情都塞进一个段落里。

湖上方的小山上有一座木屋，木头缝隙间抹着白色的灰泥。门旁的一根柱子上挂着一个叫人们吃饭的餐铃。屋子后面是田野，田野后面就是伐木林。一排伦巴第白杨从木屋一直延伸到码头，其他的白杨沿着岬角站成一列。树林边上有条通往山上的小路，他曾沿着那条路采过黑莓。后来，那座木屋被烧了，那些放在壁炉鹿脚架上的猎枪也被点着了，铅弹融化在弹匣里，枪托也烧掉了……只剩枪管被丢在那堆草灰里，那些草灰本来是用来在制肥皂的大铁锅里烧碱液的。你问祖父能不能拿枪管来玩，他说不行。你明白了，那还是他的枪，而且他再也没有买过其他的枪，也不再打猎了。如今，一座新的木屋在旧址上重建了，漆成了白色，从门廊上能看到白杨树和远处的湖，但再也看不到任何猎枪了。曾挂在鹿角架上的猎枪枪管仍旧躺在灰堆里，再也没人碰过它们。

战后，我们在黑森林①里租了一条钓鳟鱼的小溪。有两条路能去那里：一条路是从特里贝格②往下走到山谷，绕过与白色小路交叉的那条林荫道，然后沿着一条岔路走上去，向上穿过山坡，沿途会经过一些有黑森林风格大房子的小农场，一直到岔路交汇的那条溪流。我们就在那里开始钓鱼；另一条路要沿树林的边缘攀过陡峭的山坡，接着穿过山顶的松树林，出了森林就是一片草甸，然后再向下穿过草原，走到桥那边。那条小溪并不大，窄窄的，水流清澈湍急，沿岸长满了白桦，溪水在流经树根的地方汇成了一个水潭。

特里贝格的那家旅店的季度生意不错。在那段愉快的日子里，我和那家店的老板成了很好的朋友。第二年通货膨胀，他前一年赚的钱不足以支撑开店的成本，便上吊自杀了。

这些你可以口述，但你没法口述康特斯卡普广场③的

① 黑森林（Schwarzwald）：德国最大的森林山脉。
② 特里贝格（Triberg）：位于黑森林地区。
③ 康特斯卡普广场（Place Contrescarpe）：法国巴黎著名的景点，建于 1852 年。

景象：那里的卖花人在大街上给花儿染色，染料淌了一路，一直流到了巴士的发车点。老男人和老女人们总是被葡萄酒和劣质果渣酒灌得醉醺醺的；小孩们在冷飕飕的空气里吸溜着鼻涕；臭汗和贫穷的气息缠绕，"业余爱好者咖啡馆"的醉鬼和米赛特舞场里的妓女就住在舞厅楼上。那看门女人在自己的小隔间里招待共和卫队的骑兵，骑兵把饰着马鬃的头盔放在一把椅子上。大堂对面有位房客的丈夫是一名自行车赛车手。那天早晨，她在乳制品店里打开《机动车报》，看到他在环巴黎赛中名列第三时不禁乐开了花，那可是他头一次参加大赛事。她的脸兴奋得通红，放声笑了出来，随后上了楼，抓着那张黄色的体育报纸开始号啕大哭。米赛特舞厅老板的丈夫是个开出租车的，当哈里不得不乘早班飞机时，这位就会上门来叫醒他，两个人经常在白铁皮吧台喝杯白葡萄酒后再上路。那时，他和街区的邻居都很熟悉，因为大家都一穷二白。

　　广场周围住着两种人：酒鬼和运动狂。酒鬼靠酗酒对付贫穷，而运动狂则靠锻炼来忘掉它。他们是巴黎公社拥护者的后代，因此了解政治对他们来说并非难事。他们知道是谁枪杀了他们的父亲、亲戚、兄弟和朋友。公社失败后，凡尔赛军队开进，占领了城市，处决了所有他们抓住的人：手上有老茧的、戴着成员帽的，或有任何标志说明他是个劳动者的，都被杀了。就在这样的贫困里，在街对面就是马肉铺和葡萄酒合作社的住区里，他提笔开始了写作。巴黎再也没有哪个地方令他如此喜爱了。这里树木丛生，有下面漆棕的白色灰泥老房，圆形广场上跑着绿色的长巴士，路面上凝着紫色的染料，从山上陡直通往塞纳河的勒穆瓦纳红衣主教街，还有另一边莫菲塔德街狭窄熙攘的世界。往上通往万神殿的那条街和他常骑着自行车经过的那条街道，是整个街区里唯有的两条沥青马路。车轮下的路面平整光坦，街道上的房子又高又窄，还有保尔·魏尔伦①死在里头的那家高顶廉价旅馆。他们住的公寓里只有两间房，他在那家旅馆的顶楼租了一间用来写作，每月要花费六十法郎。他可以从那儿俯瞰巴黎城的屋顶和烟囱，还有所有山峰。

在公寓里，你只能看到卖木柴和煤炭的人的铺子。他也卖酒，卖劣酒。金色的马头放在马肉铺外面，打开的窗户里挂着金色和红色的马肉。刷了绿漆的合作社是他们买葡萄酒的地方，那里卖的酒又好又便宜。其余的，不过是邻居的灰泥墙和窗户而已。每当晚上有人在街上

① 保尔·魏尔伦（Paul Verlaine）：法国象征派诗人。

喝醉了——是那种典型的法国式醉酒，哼哼唧唧地抱怨自己没醉——就会有邻居打开他们的窗户，然后低声咕哝着些什么。

"警察哪儿去了？你不需要他时，那蠢货总在你跟前晃悠。他现在正跟哪个看门的睡觉吧。把管理员叫来。"直到有人把一桶水从窗户上泼出去，哼哼声总算消停了。"那是什么？水。啊，真是聪明。"然后，窗户关上了。玛莉——他的清洁女工，在抗议八小时工作制时说："如果一个丈夫工作到六点，回家路上喝点儿小酒，也不会花几个钱。可如果他只工作到五点，那他每晚都会喝个烂醉，把钱花个精光。缩短工作时间，工人的妻子就得受罪。"

"你还想再来点儿肉汤吗？"女人这会儿问他。

"不了，非常感谢。汤好极了。"

"再喝一点儿吧。"

"我更想来杯威士忌苏打。"

"酒对你不好。"

"是。这对我有害。科尔·波特[①]写过这方面的词，还专门谱了曲，'知道你为我疯狂'。"

[①] 科尔·波特（Cole Porter）：美国词曲家，"知道你为我疯狂"是他创作的《这对我有害》这首歌里的歌词。

"你知道我喜欢你喝酒。"

"哦，是的。只是对我有害。"

当她走开时，他想，他会得到一切他想要的。不仅仅是一切他想要的，而是所有的一切。唉，他累了，太累了，他要睡一会儿。他静静地躺着。死亡还未降临，它一定是转悠到另一条街上了。死神出双入对，骑着自行车，无声无息地潜行在路面上。

不，他从没写过巴黎，那个他在意的巴黎。但是，其他那些没写过的呢？

那个牧场，那银灰色的鼠尾草丛、灌溉渠中清澈欢快的流水，还有深绿的苜蓿，又如何呢？那爬上了山丘的小径，夏天的牛像鹿一样害羞。秋日里，你赶着牛群下山，吆喝声、喧闹声萦绕不绝，缓缓移动的牛群扬起灰尘，交织成影。群山背后，山峰的影子映着暮色清晰锐利；在月光下沿着小径骑马下山，山谷对面月色皎洁。此刻，他想起曾在伸手不见五指的黑暗里抓着马尾穿过木材林摸索下山，想起所有他打算写下来的故事。

还有那个打杂的傻男孩。那时留他在牧场，叮嘱那个男孩别让任何人来偷干草。有个从福克斯来的老浑蛋想搞点饲料，那男孩以前给老头儿打工的时候挨过老头儿的揍。男孩拒绝给老头儿草料，老头儿便扬言还要揍他。
这男孩从厨房拿了来复枪，在老头儿试图进入谷仓时崩
了他。当他们回到牧场时，老头儿已经死了一星期，尸
体在牲畜棚里冻得僵硬，一部分已经被狗吃了。他用毯
子裹起了剩下的尸体，拿绳子捆绑在雪橇上，让男孩帮
忙拖着。他俩踩着滑雪板，拉着尸体上了路，滑了六十
英里来到镇上。然后，他把男孩交了出去。男孩压根儿
没意识到自己会被捕，还想着履行自己的职责，希望
跟他成为朋友，得到他的奖励。他帮忙拖来这个老头儿，
因此大家都会知道这老家伙有多坏，知道老头儿是如何
企图偷走不属于他的饲料的。当警察拿手铐铐上男孩时，
男孩简直不敢相信，开始大哭起来。这是他保存下来要
写的一个故事。他知道至少二十个发生在那儿的这样的
好故事，可他一个也没写过。为什么？

　　"你告诉他们为什么。"他说。
　　"什么为什么，亲爱的？"
　　"没有什么。"
　　自从有了他后，她就不怎么喝酒了。但他如今知道
了，如果他能活着，他就绝不会写她。她们中的任何一个，
他都不会写。有钱人沉闷乏味，酗酒无度，整天就知道

把时间花在双陆棋上。他们唠唠叨叨，枯燥至极。他记起可怜的朱利安，记起他对有钱人怀带着浪漫意味的敬畏，记起他每次讲故事的开头就是"富人和你我是不同的"。有人对朱利安说："没错，他们更有钱。"但对朱利安来说，这笑话并不幽默。他原本认为他们是一个极富魅力的族类，但当他发现事实并非如此后，便被击垮了，就像其他击垮他的事一样。

他以前瞧不起那些被击垮的人。他没必要去喜欢它，因为他了解这是怎么一回事儿。他能战胜一切，他想，只要他不在乎，就没什么能伤得了他。

好吧。现在的他可以不在乎死亡，让他惧怕的一向只有疼痛。他能像任何一个男人一样忍受痛苦，直到疼痛持续太久，让他精疲力竭。但眼下，病痛折磨得他够呛。就在他觉得要被瓦解时，疼痛停止了。

他回想起很久以前，投弹官威廉森在夜里穿过铁丝网时被一个德国巡逻兵的手榴弹击中，他尖叫着，乞求大家杀了他。投弹官是大个胖子，非常勇敢。虽然他喜欢炫耀，可也称得上是一个好军官。但是那天晚上，他穿过铁丝网时被探照灯照到，被发现了。他的肠子被炸出来挂在铁网上头。为了把他活着弄进来，他们不得不剪

了他的肠子。杀了我，哈里，看在上帝的分儿上，开枪
杀了我。他们曾有过一次争论，关于他们的主绝不会让
他承受自己无法承受之事。有个人的理论也说，只要疼
痛持续一段时间，人就会自动失去知觉。但是，他一直
记得那天晚上的威廉森，没有什么能让威廉森失去知觉，
直到他把所有省下来想自己用的吗啡片给了威廉森，但
即便如此，那些药片也没派多大用场。

如今，他的疼痛尚可忍受，只要情况不再恶化就没什
么好担心的，除了他宁愿身边有个更好的伴儿。他稍微
想象了下他想要的伴儿会是什么样子。

不，他想，当你做什么事都拖得太久，做得太晚，你
就不能期待还有人待在原处等你。大家都要离开。派对
结束了，现在只剩下你和你的女主人。

我开始觉得死亡有些无聊了，就像对其他事一样，
他想。

"无聊透顶。"他大声嚷出来。

"怎么了，我亲爱的？"

"不论做什么，都太他×久了。"

他看着她的脸，篝火就在她的身后。她向后靠坐着椅
子，火光勾勒出她面部姣好的轮廓。他看得出她已经困

了。他听见鬣狗在篝火外发出阵阵骚动。

"我一直在写作，"他说，"可我现在累了。"

"你觉得你能睡着吗？"

"当然。你为什么不进去呢？"

"我想坐在这儿陪你。"

"你没觉得有什么不对劲？"他问她。

"没有。只是有点儿困。"

"我觉得不对劲。"他说。

他刚刚觉得死亡又一次来临了。

"你知道我唯一没有失去的就是好奇心。"他对她说。

"你没失去任何东西。你是我知道的最完美的男人。"

"老天爷，"他说，"女人真没见识。这算什么？你的直觉？"

因为就在那时，死神来了，它的头靠在行军床的床脚。他能闻见死神的气息。

"千万别信什么长镰刀骷髅头的玩意儿，"他告诉她，"它可能就是两个骑着自行车的警察，或者是一只鸟。或许它长着鬣狗那样的大鼻子。"

它现在正朝他身上逼近，但是没什么形状，只是占据着一些空间罢了。

"让它滚开。"

它并没滚开，反而凑得更近了。

"你闻起来恶心死了，"他对它说，"你这臭烘烘的杂种。"

它还在向他靠近，他现在已经没法说话了。看到他说不了话后，它便靠得更近了。他试着不通过说话让它滚蛋，可是它移到了他身上，所有的重量都压在他的胸口。它蹲在那里，令他无法动弹，也无法讲话。他听见女人说道："先生这会儿睡着了。把床小心点儿抬起来挪到帐篷里去。"

他无法开口同她说话，让她把死神赶走。它现在蹲伏在那里，更重了，压得他无法呼吸。当他们抬起行军床时，突然一切都好了，那重量在胸口消失了。

现在是早晨，天已经亮了有一阵子了。他听见了飞机的声音。它看上去很小，在天上盘旋了一个大圈。男仆们跑了出去，用煤油点火，将干草堆在火上，这样平地的两端都燃起浓烟，晨风将它们吹向了营地。飞机又盘旋了两圈，降低了一点儿，然后向下滑行，拉平，平稳着陆。穿着休闲裤、花呢夹克的老康普顿朝他走来，头上戴着顶棕色毡帽。

"怎么回事儿，老伙计？"康普顿说。

"腿坏了，"他告诉康普顿，"来吃点儿早餐？"

"谢谢。给我来点儿茶就行。你瞧，这是架猫蛾机[1]。飞机上只能坐一位乘客，所以这次我没办法把夫人也带上。你们的卡车已经在路上了。"

海伦把康普顿拉到一边说了几句话。他回来时显得比刚刚更快活。

"我们现在就得把你弄进去，"他说，"然后，我再回来接夫人。恐怕我还得停在阿鲁沙[2]加一次油。我们最好现在就动身。"

"你不是还要喝点儿茶？"

"我并不是真想喝，你懂的。"

男仆们抬起行军床，绕过绿色的帐篷，沿着岩石往下走，来到平地上。火堆燃得正旺，风扑着大火，把草地都给烧着了。他们从火堆旁走过，终于到了小飞机跟前。把他弄进去着实费了一番工夫。一进去，他就躺到皮座子上，伤腿直挺挺地伸到康普顿驾驶座旁的椅子上。康普顿发动引擎，上了飞机。他朝海伦挥挥手，又朝男仆们挥了挥手。咔嗒声逐渐变成熟悉的轰鸣，康比[3]把飞机掉了个头，躲开了疣猪洞。飞机轰鸣颠簸着在两个火

---

① 猫蛾机（Puss Moth）：一种飞机机型，体量很小，除驾驶员外只能乘坐一人。

② 阿鲁沙（Arusha）：坦桑尼亚东北部城市，距离乞力马扎罗山约 90 公里。

③ 康比（Compie）：康普顿的昵称。

堆间滑行，最后猛地一下扎进天空。他看到他们全部站在下面，挥着手，山旁的营地逐渐变得扁平，平原延展开来，成群的树木和灌木丛也变得扁平，猎场的小路都平坦地通向干涸的水洼，还有个他之前不知道的新水源。斑马缩成了小小的圆脊背，角马像一根根手指一样在平原上移动，仿佛是大脑袋的圆点在爬行。它们看到飞机投下的影子时，吓得四散逃开。它们已经小到看不出奔跑的样子。眺目远望，平原化作一片灰黄，前面则是老康比穿着粗花呢夹克的后背和棕色毡帽。他们飞过第一片山群，角马正往上攀爬，接着越过森林茂密、陡然拔高的崇山，布满密竹的峻岭，然后又是一片茂密的丛林，峰谷高低绵延起伏，山坡下连接着另一处平原。天热了起来，紫褐色满目成连。飞机在热浪里上下颠簸着，康比回头看了看他的状况。前方，又出现了一片黑黢黢的山群。

他们并没有去阿鲁沙，而是转向了左边。他推测油显然是够用了，便低头向下望去，一朵泛着粉色的云飘过大地，在空中看上去就像不知从何而来的打头阵的暴风雪。他知道这是从南方飞来的蝗虫正从此处经过。然后，他们开始爬升，看起来是在往东走，接着天暗了下来，原来他们遇到了暴风雨。大雨倾盆如注，飞机仿佛在瀑布里航行一样。他们飞了出来，康比转过头咧嘴一笑，用手指了指前方。他目之所及之处，是乞力马扎罗高耸的方形山顶。它如整个世界一样壮阔宏伟，在太阳的照耀下闪着令人难以置信的白光。他终于懂了，那就是他要去的地方。鬣狗在黑夜中停止了呜呜，开始发出一种奇怪的声音，好像人类的哭泣声。女人听了，不安地动了动。她还没有醒来。她梦见自己在长岛的家里，在她女儿首次亮相社交圈的前夜。不知怎么，她的父亲也在那儿，态度十分粗鲁。鬣狗弄出的骚动声太大了，她被吵醒了。一时间，她不知自己身在何处，有些胆战心惊。随后，她抓起手电筒照向另一张行军床——哈里睡着后他们把床搬了进来。她看见他的身影躺在蚊帐里头，但不知出于什么原因他的腿伸了出来，垂在行军床边上，绷带撒了一地。她没法再看下去了。

"摩洛，"她叫道，"摩洛！摩洛！"

她接着叫道："哈里，哈里！"提高了嗓音，"哈里，求求你。哦，哈里！！"

没有回应，她听不见他的呼吸了。

帐篷外鬣狗还在发出怪叫，和惊醒她时的声音一样。但她的心跳得太响，再也听不见别的声音了。

印第安人营地

湖岸边，又一条小船被拉了过来。两个印第安人站在那里等待着。

尼克和他的父亲上了船，坐在船尾，印第安人把船推离岸边后，其中一个人上来划桨。乔治叔叔坐在营地用船的船尾，那个年轻的印第安人将船推离后，跳进来给乔治叔叔划船。

两条船在黑暗中驶离。迷雾中，尼克听见另一艘船的船桨划动的声音，从他们前面很远处传来。印第安人快速利落地划着船桨。尼克枕着父亲的胳膊向后躺下了。水面上寒气森森。为他们划船的印第安人十分卖力，但另一艘船总是在雾色中遥遥领先，愈行愈远。

"爸爸，我们去哪儿？"尼克发问。

"去印第安人的营地。那里有个印第安女人病得很重。"

"哦。"尼克说。

划过湖湾后，他们发现另一条船已经停在了岸上。乔治叔叔在黑夜中抽着雪茄。那位年轻的印第安人过来把他们的船拖上了岸。乔治叔叔给两个印第安人一人一根雪茄。

他们跟着提灯的年轻印第安人从湖滨往上走，经过一片沁满夜露的草地，进了山林。路两旁的树木都被砍掉了，因此这里的光线亮多了。年轻的印第安人停下来熄了手提灯，他们继续沿路前行。

他们转了个弯后，一条狗吠叫着迎了出来。前面亮着灯的那些棚屋，是剥树皮的印第安人的住处。更多的狗冲他们跑了过来，两名印第安人把它们赶回棚屋里。离道路最近的棚屋的窗户里透着灯光，一个老妇人提着灯站在门口。

屋里的双层木床上躺着一个年轻的印第安女人。她正在生小孩，已经整整两天了，却还没生下来，营地里所有的老妇人都在帮助她。男人们跑去路上远离她的痛叫的地方坐着，躲在黑暗里抽烟。尼克与两个印第安人跟着他的父亲和乔治叔叔刚进去，就听见她发出阵阵的惨叫声。她躺在木床的下铺，被子下的肚子大极了，头扭到一边。上铺躺的是她的丈夫，三天前他被斧头砍中了脚，伤势严重。此刻，他正抽着烟斗。房间里闻起来恶心透了。

尼克的父亲命人在炉子上烧些热水，等水开的间隙他跟尼克说起了话。

"这位女士要生小宝宝了，尼克。"他说。

"我知道。"尼克说道。

"你不知道。"他的父亲说，"听我说，她现在经历的叫作分娩。宝宝想要被生出来，她也想把宝宝生出来。她所有的力气都用来生小宝宝了，这就是为什么她一直在喊叫。"

"我懂了。"尼克说。

就在这时，女人又大叫出声。

"哦，爸爸，你不能给她些什么让她别再叫了吗？"尼克问。

"不能。我这儿一点儿麻醉剂都没了，"他的父亲解释，"但是，她的尖叫声并不重要。我听不见它们是因为它们不重要。"

女人的丈夫在上铺翻了个身，脸冲着墙面。

厨房里的女人向医生示意水已经很热了。尼克的父亲走进厨房，拎起大水壶，往盆里倒了约有一半的热水，接着他解开手帕，拿出几样东西放进壶里剩下的水中。

"这些必须煮沸了。"他说道，然后开始在热水盆中拿肥皂搓洗双手。那块肥皂是他从营地带来的。尼克看着父亲两只沾满泡沫的手互相揉搓着。他一边仔仔细细地洗手，一边说着什么："你瞧，尼克，通常来说生小孩时应该头先出来，但是有的时候也不一定。如果不是的话，那就会给大家带来很多麻烦。搞不好我要给这位女士做手术。要不要做，一会儿我们就知道了。"

当把自己的双手终于洗到满意时，他便走进屋里开始工作。

"乔治，帮忙把被子掀开，可以吗？"他说，"我最好还是别碰它。"

过了一会儿，他开始实施手术了。乔治叔叔和三个印第安男人按住女人让她不要乱动。她在乔治叔叔胳膊上狠狠地咬了一口。他忍不住大叫道："该死的印第安婊子！"那个给乔治叔叔划船的年轻印第安人笑话了他。尼克帮他的父亲端着盆子。手术持续了很长一段时间。他父亲抱起婴儿拍了几下，让他喘出气来，再把婴儿交给一个年老的女人。

"瞧瞧，是个男孩，尼克，"他说，"做实习医生感觉怎么样？"

"还不错。"尼克说。他眼神落在别处，好让自己的目光躲过父亲正在做的事。

"好了。这样就成了。"他父亲一边说一边把什么东西放进了盆里。尼克没有去看。

"现在，"他父亲说，"还得缝几针。尼克，你可以看着，也可以不看，随你喜欢。我要把刀口缝合起来。"

尼克没有去看。他的好奇心早就丢到爪哇国了。

他的父亲结束缝合，站直了身子。乔治叔叔和那三个印第安人也站了起来。尼克把盆子端出去放到厨房里。

乔治叔叔看了看自己的胳膊，年轻的印第安人想到之前的事，微微笑了起来。

"我一会儿给你涂点双氧水，乔治。"这位医生边说，边弯下腰查看印第安女人的状况。她现在安静了下来，闭着双眼，面如白纸。她不知道孩子如何了，一切都陷在混沌里。

"我明早再来，"医生说着，直起身子，"圣伊格纳斯①的护士中午会赶过来，她会带来所有我们需要的物品。"

他像赛后更衣室里的足球运动员一样，滔滔不绝地说着话，兴奋得不行。

"这都能上医学期刊了，乔治，"他说，"用折刀做的剖腹产手术，拿根九英尺长的锥形肠线就给缝上了。"

---

① 圣伊格纳斯（St. Ignace）：美国地名。

乔治叔叔靠墙站着，看着自己受伤的胳膊。

"哦，你真是个了不起的男人。"乔治叔叔说。

"该为这个自豪的父亲瞧瞧了。他们总在这些小事上受很大的罪，"医生说道，"我不得不承认他挺能沉得住气。"

他掀起盖在那个印第安人头上的毯子时，糊了一手湿嗒嗒的东西。他脚踩在下铺的床沿上，手里提着灯往里照看。那印第安人面冲墙壁躺着，喉咙整个被割开，血流了一床，几乎淹了他的尸体。他的头靠在左手臂上，打开的剃刀刀刃朝上扔在毯子上。

"把尼克从棚屋带出去，乔治。"医生说。

没必要费事了。尼克就站在厨房门口，在他父亲手拿着灯把那印第安人的脑袋往后扒拉时就站在那儿了，上铺的惨象就已经一览无遗地闯进了他眼里。

他们沿着伐林路往湖边折返，天才蒙蒙亮了起来。

"我真的很抱歉带你过来，尼基①，"他的父亲说，他做完手术后的兴奋劲已烟消云散，"让你经历这种事，实在太糟糕了。"

"女士们生孩子总要经历这种痛苦吗？"

"不是，这是个特别，特别少见的例外。"

---

① 尼克的昵称，在后面的篇幅还会出现，皆同此意。

"他为什么要杀了自己呢，爸爸？"

"我不知道，尼克。大概是忍受不了那一切吧，我猜。"

"爸爸，很多男人都会自杀吗？"

"没那么多，尼克。"

"那女人呢？"

"几乎从不自杀。"

"从来不？"

"哦，好吧。有些时候，她们会那样做。"

"爸爸？"

"嗯。"

"乔治叔叔去哪儿了？"

"他不会出事的。"

"爸爸，死很难吗？"

"不难。我认为那是件容易的事，尼克。都要看情况
来说。"

他们坐上船，尼克待在船尾，他的父亲划着船。太阳
从那边的群山中升起。一尾鲈鱼跳起来，在水中激起一
圈涟漪。尼克把手伸进水里，水中的温度让他在寒冷的
早晨觉出一丝暖意。

清晨，他的父亲在湖面上划着船，他坐在船尾，万分
确信死亡永远不会和他相见。

如白象般的群山

埃布罗河①峡谷对面白色的群山连绵起伏。峡谷这一边是一片没有树木遮盖的大地。站台建在两条铁轨中间，暴露在阳光之下。紧邻站台一边的一幢房子投下热烘烘的阴影，房子的窗帘是用竹子做的珠子编的，挂在吧台开着的门那边，把飞蝇隔绝在外。那个美国人和同他一起的女孩坐在屋外阴凉处的桌子旁。天气热极了，从巴塞罗那来的特快列车会在四十分钟后抵达。它会在这个站台停留两分钟，再开去马德里。

"我们要喝点儿什么？"女孩问道。她已经脱下帽子，把它放到桌子上。

"这也太热了。"那个男人说。

"我们喝啤酒吧。"

---

① 埃布罗河（Ebro）：位于西班牙东北部，是西班牙境内最长的河流，由于穿越沿海山脉形成了现代峡谷。

"来两杯啤酒^①。"男人冲着帘子里说。

"大份的吗？"一个女人在门口问道。

"是的，两大杯。"

女人端来了两杯啤酒和两个杯垫。她把杯垫放在桌子上，把啤酒放在上头，看了看男人，又看了看女孩。女孩正望着连绵的山线。它们在太阳光下看上去白亮亮的，原野却是一片干巴巴的土褐色。

"它们看起来跟一群白象一样。"她说。

"我一头白象也没见过。"男人喝着啤酒。

"是的，你不会见过的。"

"我可能见过，"男人说，"就因为你说我没见过证明不了什么。"

女孩看着珠帘。"他们在上面印了什么，"她问，"说的是什么？"

"托罗茴香^②。这是一种酒。"

"我们能试试吗？"

男人透过帘子喊了声"劳驾"，女人从吧台走了出来。

"四雷阿尔^③。"

---

① 此处原文为西班牙语。

② 此处原文为西班牙语。

③ 雷阿尔（Real）：旧时西班牙货币单位。

"我们想要两杯托罗茴香酒。"

"加水吗？"

"你想要加水的吗？"

"我不知道，"女孩说，"加了水尝起来味道会怎么样？"

"还不错。"

"你们想要加水的对吧？"女人问道。

"是的，加水。"

"尝起来像甘草汁。"女孩说着，放下了杯子。

"所有东西都尝起来像甘草汁。"

"没错儿，"女孩说，"所有东西都像甘草汁。尤其是那些你等了很久的东西，比如说苦艾酒。"

"哦，得了吧。"

"是你先提的，"女孩说，"我在找乐趣，正开心着呢。"

"那么，让我们试着找点儿乐子。"

"好吧，我刚试了。我说那些山看起来像白象群。这个说法不是很有趣吗？"

"是挺有趣的。"

"我刚还想尝试这种新的酒水。这就是我们做的，对吗——到处看看，尝试没喝过的酒？"

"我猜是这样的。"

女孩看向山群。

"它们真是可爱的山呢，"她说，"并不是说它们看起来真的像群白象。我的意思是透过树林，它们的表面颜色看着是白色的。"

"我们还要再喝一杯吗？"

"好啊。"

一阵暖风把珠帘吹向了桌边。

"啤酒不错，冰爽极了。"男人说。

"很不错。"女孩说。

"那真的是个再简单不过的手术了，吉格，"男人说，"简直都算不上是台手术。"

女孩看着桌脚下面的地面。

"我知道你不会在意的，吉格。这真的不算什么，不过是注入一点空气而已①。"

女孩一言不发。

"我会和你一起去，一直陪着你。他们只需把空气注入进来，然后一切就都正常了。"

"那我们之后会如何呢？"

"我们之后会好好的，就像我们之前一样。"

"是什么让你这么想的？"

---

① 以此猜测女孩所患病症可能是黄斑裂孔眼病，需打气治疗。该病症会导致视力问题。

"这是唯一一件困扰我们并让我们不开心的事。"

女孩看着珠帘，伸出手抓了两串珠子。

"你觉得我们之后就会万事大吉，开开心心的？"

"我知道我们会的。你不必害怕。我知道很多人都做过那个手术。"

"我也知道，"女孩说，"他们做了之后都很开心。"

"好吧，"那人说，"如果你不想做的话可以不做，你不愿意做我不会逼你。我只知道那是极简单的手术。"

"你真的想让我做？"

"我想这是最好不过的事了，但是你真的不愿做的话，我不会让你做的。"

"如果我做的话，你就高兴了，一切事就会回到原来的轨道，你以后就会爱我？"

"我现在就爱你。你知道我爱你。"

"我知道。如果我做了，我再说什么东西像白色大象的话就没问题了？你会喜欢吗？"

"我会爱它的。我现在就爱这话，但是我没法儿去琢磨它。你知道我担忧的时候是什么样的。"

"要是我做了，你就再也不会担心了吗？"

"我不担心这个是因为它真的很简单。"

"那么，我会做的，因为我不在乎我自己。"

"你这是什么意思？"

"我不在乎自己。"

"可是，我在乎你。"

"哦，是的。但是，我不在乎自己，而且我会做的，然后一切都就顺利了。"

"如果你觉得是这样的话，那我并不想让你去做。"

女孩站了起来，走到站台的尽头。对面沿着埃布罗河岸的土地上长满了稻谷和树木。河流那边的更远处，就是群山。云朵的影子掠过稻田，透过树林，她看见了那条河。

"我们本来能拥有这一切，"她说，"我们本可以拥有所有东西，但我们每一天都让它离我们越来越远。"

"你在说什么呀？"

"我说我们可以拥有一切。"

"我们可以拥有一切。"

"不，我们不可以。"

"我们能拥有全世界。"

"我们拥有不了全世界。"

"我们能想去哪儿就去哪儿。"

"我们不能。那再也不是我们的了。"

"是我们的。"

"不是的。一旦它们被带走，我们就再也拿不回来了。"

"但是，它们还没有被带走。"

"我们可以等着瞧。"

"回阴凉处来，"他说，"你不能那样去体会事情。"

"我什么都体会不到，"女孩说，"我只知道事实如此。"

"我不想让你做任何你不愿意做的事——"

"也不让我做对我不好的事情，"她说，"我知道的。我们能再喝杯啤酒吗？"

"可以。但是，你要明白——"

"我明白。"女孩说，"我们能不能别谈了？"

他们在桌子旁坐了下来，女孩望着峡谷干燥的那边，群山连绵起伏。男人看看她，又看看桌子。

"你得明白，"他说，"假如你不愿意做，我真的不希望你去做的。要是这对你很重要，我绝对愿意去承担它。"

"这对你来说难道没什么意义吗？我们是要一起生活下去的。"

"当然。除了你，我不想要任何人，谁都不想要。而且，我知道这手术特别简单。"

"是的，你知道它很简单。"

"你怎么说都行，但我确实知道是这样的。"

"你能为我做件事吗？"

"我会为你做任何事情。"

"我求你，求你，求你，求你，求你，求你，求你别
再说话了，行吗？"

他什么也没说，盯着靠放在站台墙边上的那些行李，
上面贴着他们曾经过夜的所有旅馆的标签。

"但我不想要你去做了，"他说，"我不在乎了。"

"我要尖叫了。"女孩说。

女人掀开帘子走了出来，端着两杯啤酒，把它们放在
湿漉漉的杯垫上。"五分钟内，火车就要到了。"她说。

"她刚说什么？"女孩问道。

"她说火车再有五分钟就来了。"

女孩对女人露了个明媚的笑脸，表示感谢。

"我最好把行李拿到站台那边去。"男人说。她对他
笑了笑。

"好的，然后回来我们把啤酒喝完。"

他拎起两个笨重的行李包，扛着它们绕过站台，走到
另一条铁轨上。他顺着轨道望了望，并没看见火车。他
返回来走进酒吧间，等车的人都在喝酒。他在吧台喝了
杯茴香酒，看着人群。毫无疑问，他们都在等火车。他
穿过珠帘走到外面，她正坐在桌旁对着他微笑。

"你觉得好些了吗？"他问。

"我觉得很好，"她说，"我没事，我觉得好极了。"

一个干净明亮的地方

　　天色已经晚了，所有人都离开了咖啡馆，除了一位老人。树叶遮挡了电灯的光亮，他就坐在灯影里。白天的时候街道尘土飞扬，但到了晚上，夜露会让灰尘沉淀下来。老人喜欢坐到很晚。他的耳朵失聪了，晚间安静下来的时候，对他而言有着不同感受。咖啡馆里的两个侍应生知道老人有点儿醉了，也清楚他是一位很好的客人，可一旦他醉得太厉害，就会一文不付地走掉。因此，他们得牢牢地看着他。

　　"他上一周试图自杀来着。"一个侍应生说。

　　"为什么？"

　　"他陷入绝望中了。"

　　"为了什么呢？"

　　"不为什么。"

　　"你怎么知道没有任何原因？"

"他有很多钱呢。"

他们俩一起坐在咖啡馆大门边上靠墙的桌子旁，看着阳台上空空荡荡的桌椅，除了老人，他还坐在乘风婆娑的树影下。一个女孩和一个士兵从街上走过，街灯照亮了士兵领子上的黄铜编号。女孩没有戴头巾，步履匆匆地走在他旁边。

"警卫会来抓走他的。"一个侍应生说。

"如果他心愿已偿，之后被抓走又能怎么样呢？"

"他现在最好离开这条街，警卫看见会抓他的。他们五分钟前就在这儿巡逻过。"

阴影下坐着的老人敲了敲他杯子下的茶托，那个年轻点的侍应生朝他走了过去。

"您需要点儿什么？"

老人看着他。"再来杯白兰地。"他说。

"您会醉的。"侍应生说。老人看着他，侍应生便走开了。

"他会在那儿待一晚上的，"他对他的同事说道，"我这会儿困了。我从没在凌晨三点前睡过觉。他上礼拜真该杀了自己。"

侍应生在咖啡馆里间取了瓶白兰地，又拿了茶托，走到老人桌前。他把茶托放到桌上，往杯子里倒满了白兰地。

"你上周真应该杀了自己。"他对耳聋的男人说。老人用手指示意他。"再倒点儿。"他说。侍应生倒满了杯子，白兰地溢了出来，顺着杯身流到一摞茶托最上面的一个。"谢谢。"老人说。侍应生把酒瓶拿回咖啡馆里，重新坐回同事的身边。

"他已经醉了。"他说。

"他每晚都醉醺醺的。"

"他到底为了什么要自杀？"

"我怎么会知道？"

"他是怎么自杀的？"

"用绳子上吊来着。"

"谁把他拦住了？"

"他的侄女。"

"他们干吗这么做？"

"害怕他的鬼魂纠缠呗。"

"他有多少钱？"

"多得不得了。"

"他一定有八十岁了。"

"我想他也该八十岁了。"

"我希望他赶紧回家。我凌晨三点前都没上过床。这算哪门子的睡觉时间？"

"他熬夜是因为他喜欢。"

"他很孤独。可我不孤独，我有个妻子在床上等我呢。"

"他以前也曾有过一位妻子。"

"就算现在有妻子，对他来说也不见得多好。"

"话不能这么说。有个妻子说不定对他是件好事呢。"

"他的侄女在照看他。你说过是她救了他。"

"我知道。"

"我可不想老成那样。人一老就邋里邋遢讨人嫌。"

"并不总是那样，这个老人就干干净净的。他喝酒从来不会洒出来，就算现在喝醉了也是一样。你瞧瞧他。"

"我不想看他，我希望他回家去。他一点儿都不顾及我们这些必须要工作的人。"

老人把视线从酒杯移向了广场，又看向两个侍应生。

"再来杯白兰地。"他指着自己的杯子说。那个着急心焦的侍应生走了过来。

"卖完了，"他用那种蠢货对醉汉或外国人说话时忽视语法的方式说道，"今晚没了。现在关门。"

"再来一杯。"老人说。

"没了。结束了。"侍应生一边拿抹布擦着桌沿，一边摇头。

老人站了起来，慢慢数着茶托①，然后从口袋里取出一个皮制小钱包付了酒钱，留了半个比塞塔②做小费。

侍应生看着他走到街上——一个步态蹒跚，但仍然得体的老人。

"你干吗不让他留下来接着喝？"那个不慌不忙的侍应生问道。他们正在上门板。"现在还不到两点半。"

"我想回家睡觉。"

"迟一小时又能怎么样？"

"对他没什么，对我而言可晚多了。"

"一个小时而已，没那么大差别。"

"你说起话来跟个老头儿似的。他可以买瓶酒在家喝。"

"那不一样。"

"是不一样。"有妻子的侍应生赞同地说。

他不想那么不公平，他只是想赶快回家。

"你呢？回家时间比通常要早难道不会让你害怕吗？"

"你这是想侮辱我吗？"

---

① 按茶托数量来计算杯数。
② 比塞塔（peseta）：西班牙货币单位。

"别，伙计，只是开个玩笑而已。"

"不会，"那个心急的侍应生说，他拉下金属百叶窗，直起了身子，"我有自信，我一直很有自信。"

"你年轻、自信，还有份工作，"年纪大点儿的侍应生说，"你拥有一切。"

"你又缺什么呢？"

"除了工作，我什么都缺。"

"你有我拥有的一切。"

"不，我从来都不自信，而且我也不年轻了。"

"得了，别再说这些没用的废话了，来锁门吧。"

"我就是那种喜欢在咖啡馆待到很晚的人，"年长的侍应生说，"和那些不想上床睡觉、夜里需要开着灯照亮的人待在一起。"

"我想回家睡觉。"

"我们是两种不同的人。"年长的侍应生说。他换好了回家穿的衣服。

"尽管这两样都很美丽，但这不仅仅是关于年轻和自信的问题。每个晚上我都磨磨蹭蹭不愿关门，是因为我想或许有人会需要来咖啡馆坐坐。"

"伙计，酒馆可是彻夜营业呢。"

"你不懂。这是间干净舒适的咖啡馆，灯光明亮，不仅光线好，而且有树叶的阴影。"

"晚安。"年轻的侍应生说。

"晚安。"另一个侍应生说。关了灯后，他继续自己和自己说话。当然是有灯的原因，不过这个地方也需要干净和舒适。你不会想要音乐的，你当然不会想要音乐；你也不能有尊严地站在吧台前，尽管这个时间除了尊严你一无所有。他在害怕什么？那并不是害怕或恐惧。他相当清楚那是虚无。所有的一切都是虚无，人也一样虚无。只有如此，灯光才会被需要，当然还有整洁和秩序。有的人生于其中却从未觉察到，但是他知道那是虚无。为了虚无，虚无，为了虚无①！我们的虚无在虚无之中，愿你的名被尊为虚无，愿你的王国虚无，愿你的虚无行在虚无，如同行在虚无。我们日常的虚无，虚无赐给我们，虚无我们的虚无如同虚无也虚无了我们虚无的虚无们。虚无我们不进入虚无，要救我们脱离虚无，为了虚无。虚无万岁，充满虚无，愿虚无与你同在。他微笑着站在一个吧台前，上面放着台干净光亮的咖啡机。

"要点儿什么？"酒保问。

"虚无。"

---

① 此处原文为西班牙文。

"又疯了一个①。"酒保说着，转过了身。

"一小杯酒。"侍应生说。

酒保给他倒了点儿酒。

"灯光很明亮，也很舒适，但是吧台没有打蜡。"侍应生说。

酒保看着他，没有回答。已经很晚了，这时间不适合做什么交谈。

"想再喝一小杯吗？"酒保问道。

"不用了，谢谢你。"侍应生说完便走了出去。他不喜欢酒吧，也不喜欢小酒馆。一个干净明亮的咖啡馆和它们相比是很不一样的。现在，他什么也没想，他要回家，回到自己的房间。他要躺在床上，最后熬到天亮的时候睡着。他对自己说："说到底，可能不过是失眠症而已。许多人肯定都患有失眠症。"

---

① 酒保用西班牙语说的。

一天的等待

他走进屋子关上窗户的时候，我们还躺在床上，我瞧他一副病恹恹的样子。他在发抖，脸色苍白，走起来慢慢吞吞的，似乎一动弹就会痛似的。

"你怎么了，宝贝儿①？"

"我头疼。"

"你最好回床上躺着。"

"不用了，我还好。"

"你到床上去，我穿好衣服就过来看你。"

可等我下了楼，却看见他已经穿好了衣服坐在火炉旁，脸上显露出九岁男孩生病时那副惨兮兮的模样。我把手放在他前额试了试温度，知道他发烧了。

"上楼去睡觉，"我说，"你生病了。"

---

① 此处原文为德语。

"我没病。"他说。

医生来了一趟，给他量了体温。

"怎么样？"我问他。

"华氏一百零二度。"

医生在楼下给他开了三种不同的药，是三种不同颜色的胶囊，并留下了服用方法。一种是退烧的，一种是帮助代谢退烧药的，第三种是改变体内酸性环境的。他对此解释说流感病菌只能在酸性环境下存活。他看起来对流感相当了解，还说如果没烧到华氏一百零四度就没什么好担心的，不过是轻度流感而已，只要能避免感染肺炎，就没有危险性。

我回到房间，把孩子的温度记在纸上，还记下了给他喂药的时间。

"想让我念书给你听吗？"

"好啊，如果你想念的话。"男孩说。他脸色白如纸，眼下一团乌青，直挺挺地躺在床上，仿佛对周边发生的一切毫不在意。

我大声给他念了霍华德·派尔①的《海盗集》，但我能察觉到他并没在听我所读的内容。

———

① 霍华德·派尔（Howard Pyle）：美国著名插画家、作家，著有《海盗集》。

"宝贝儿，你感觉怎么样？"我问他。

"目前来说还是一样。"他说。

在等着给他喂另一颗胶囊的时候，我坐在床脚，读书给自己听。我本想这能让他自然地入睡，但当我抬头看向他时，发现他正盯着床脚，一副怪怪的样子。

"你为什么不试着睡一会儿呢？吃药的时候我会叫醒你。"

"我宁愿醒着。"

过了一会儿，他对我说："如果你心烦的话，不用在这儿守着我，爸爸。"

"这并没有烦扰到我。"

"不，我的意思是说，你要是觉得烦，就不用待在这儿。"

我想他可能有点儿头晕，于是在十一点给他吃了医生开的处方药后，就离开了一小会儿。

那是晴朗而寒冷的一天，地面上覆盖着一层被冻住的雾，好像所有光秃秃的树木、灌木丛、修剪过的枝丫和草地，还有裸露的地面都被冰霜涂染了一遍似的。我带着条小爱尔兰塞特犬沿着一条冻实的小溪散了会儿步，但在玻璃一样滑的冰面上不论是走还是停都不容易。那只红色的狗一直滑着打趔趄，我自己摔倒了两次，还摔得挺重，有一次把枪都摔了下来，眼看着它滑过冰面溜得老远。

我们把一群鹌鹑从灌木倒长的高土堤下面赶了出来。当它们飞到土堤上面时，我趁着它们飞离视线前打中了两只。有几只鹌鹑明晃晃地待在树上，但是更多的鹌鹑则稀稀拉拉落在灌木堆里。要把它们都赶出来，还得在被冰雪包裹的灌木堆上多蹦跶几下。等鹌鹑飞出来那会儿，你还正摇摇晃晃地在覆满冰霜的松软灌木丛上找平衡，这样其实很不好瞄准。我打中了两只，有五只失了手，便折回去了。在途中，我惊喜地发现屋子附近就有群鹌鹑，一想到来日还有那么多打鸟的乐趣，就觉得非常开心。

到家后，他们说男孩拒绝让任何人进他的屋子。

"你不能进来，"他说，"你不能感染上我得的病。"

我径直走到他身边，发现他还保持着我离开时的样子：面色发白，但高烧让他的脸颊染了两坨红晕，双眼直勾勾地盯着床脚。

我量了量他的体温。

"多少度？"

"好像是一百度。"我说。其实是一百零二点四华氏度。

"之前是一百零二度。"我说。

"谁说的？"

"医生。"

"你的体温没大碍，"我安慰道，"没什么好担心的。"

"我不担心，"他说，"但我没法儿不去想它。"

"别胡思乱想，"我说，"放轻松就好。"

"我在放松。"他说，直直地看着前面。他显然有什么事在心里藏着。

"把这些水喝了。"

"你觉得我会好起来吗？"

"当然会。"

我坐下来，打开《海盗集》读了起来，但我看他没什么听的心思，便停了下来。

"你觉得我什么时候会死？"他问。

"什么？"

"我过多久会死？"

"你不会死的。这就是困扰你的问题吗？"

"哦，是的，我很困扰。我听见他说一百零二度。"

"没人会因为烧到一百零二度就死掉。说这话也太蠢了。"

"我知道会死的。在法国上学的时候，男生们告诉我，你要烧到四十四度就活不了了，可我烧到了一百零二度。"

他一整天都在等待着死亡的降临，从早上九点钟起就在等。

"可怜的宝贝儿，"我说，"可怜的傻孩子。这就像英里和公里的区别。你不会死的，那是不同的温度标准。他们说的那种温度标准，三十七度是标准体温，这一种九十八度才是标准体温。"

"你确定？"

"当然确定，"我说，"这就好比英里和公里，你知道的。比如说，我们开车走了七十英里，换算成公里走了多少？"

"哦。"他说。

但他盯着床脚的视线慢慢放松了下来，那份威胁感也终于落了幕。到了第二天，他终于松弛了下来，还很轻易地为一些不重要的小事眼泪涟涟。

父亲们和儿子们

城镇主街道中央有块绕行的标示牌，但是来往车辆显然没顾及它，偏要从中穿过去。因此，尼古拉斯·亚当斯便想当然地以为维修已经结束了，也开上了空荡荡的铺砖路，想从镇里穿过去。星期天没什么车流量，交通灯闪闪烁烁，他就跟着走走停停。来年的资金要是无法维持这套交通系统的话，这灯也就得罢工了。高茂葱郁的大树掩映着这座小镇，倘若你是这镇上的人，日日从阴凉下过，还觉得颇为舒心，但外来人却嫌树木太过繁茂，遮了日光不说，还弄得屋子潮乎乎的。车子驶过最后一栋房子，上了绵延起伏的高速公路，红泥路堤修得整整齐齐，道路两边排列着新培育出的林木。这里不是他的家乡，但如今正逢盛秋，开车所经之处即目皆是好景，倒也赏心悦目。地里的棉花已经摘完，空地上只零星散布着几块玉米地，中间夹杂长着几排红高粱。他

069

惬意地开着车，儿子在副驾上睡熟了。这一天的行程已经差不多要结束了，晚上要过夜的镇子是他熟悉的地方。他开始有闲心观察外面的景色，留意着哪块玉米田里夹杂种着大豆或是豌豆，灌木丛和垦地是怎样布局的，林屋、住房同田园林地之间的分布情况。他一边开一边想象着如何在这一带打猎，每经过一片林间空地，他都会琢磨猎物会在哪里觅食，哪里能做掩护，哪里能找到巢穴以及它们的飞行踪迹。

打鹌鹑时，千万别待在它们和巢穴的中间，因为一旦让猎狗发现，它们就成群结队一哄而起地飞扑到你身上，有的从你头顶直冲上天，有的擦着耳朵边儿掠过去，那乱哄哄的阵势可不像它们在天上飞得那样平和，你连见都没见过。唯一的办法是在它们飞过你肩头，打算收翅要钻入灌木丛前立即转身开枪。这种在乡里打鹌鹑的法子还是他父亲教的。尼古拉斯·亚当斯又忆起了他的父亲。每每想到他时，总是先记起他的眼睛。他那魁梧的身材、利落的身手、宽大的肩膀、鹰钩鼻和盖在短下巴上的胡须，这些从来都想不起——除了眼睛，那双眼睛总是令人难忘。它们被护在眉毛下面，深深嵌在眼眶里，仿佛是什么受到特殊保护的值钱仪器似的。那双眼是他父亲得自上天的恩赐，它们看东西比普通人要远得多，也快得多。说真的，他父亲的眼力堪比大角羚和老鹰。

要是他和父亲一起站在湖岸边，他父亲就会说："他们把旗子升起来了。"那时候，尼克也算有着顶好的视力，可不论是旗子还是旗杆，他哪个都看不见。"在那儿，"他的父亲说，"那是你妹妹多萝西。她把旗升起来了，这会儿正往码头走呢。"

尼克眺望过湖面，能看见对面种满树木的绵长岸线，后面高大的林木，守卫湖湾的岬角，田间清晰的丘陵，还有他们掩映在树林间的白色小屋，就是看不见什么旗杆，也看不见什么狗，所见只有白色的湖滨和起伏的岸线。

"你能看见岬角那边山坡上的羊群吗？"

"能看见。"

灰绿色的山坡上有块白色的影子。

"我能数清它们。"他父亲说。

像那些所有超出常人能力的人一样，他的父亲非常神经质，当然，也很敏感，就像大多数多愁善感的人一样。他虽然冷酷，却又常常受到伤害。此外，他的运气还很差，而且有的霉运还不是自己招来的。他死于一个自己也掺和了点儿的陷阱里。死之前，所有人都背叛了他——情绪化的人总容易被人辜负。尼克现在还不能写关于他的事，以后会写，只不过这片满是鹌鹑的土地让自己想起了他。

小的时候，尼克因为两件事特别感激他：钓鱼和射击。打个比方，他父亲在这两件事上的出色程度就像他在性事上那么糟糕，而尼克则对此很高兴。因为得有那么一个人给你第一把枪，或者给你机会让你去使用它，而且如果你想了解并学习这些，就必须住在可以打猎、钓鱼的地方。现在，他已经三十八岁了，对钓鱼和打猎的热爱不减当年初次和父亲同去之时。那是种永不熄灭的激情。他非常感谢父亲带他认识了这一切。

　　至于另一件，他父亲不怎么在行的那档子事，人人都已具备先决条件，人人都能学会，也不需什么建议指导，不管你住在哪里都一样。他很清楚地记得父亲在这方面跟他说的两件零碎的事情。有一次，他们俩外出打猎，尼克打中了扒在铁杉树上的一只红松鼠。松鼠受了伤，掉了下来，趁尼克捡它时在他大拇指上狠狠地来了一口。

　　"肮脏的小畜猪货①。"尼克边说着边把松鼠的脑袋甩到树上，"看它把我咬的。"

　　父亲看了看伤口说："用嘴把血吸干净，回家后涂点儿碘酒就行了。"

　　"这个小畜猪货。"尼克说。

---

① 畜猪货（bugger）：骂人的话。

"你知道是肏猪货是什么意思吗？"他的父亲问道。

"这是我们用来骂想骂的人的话。"尼克回答。

"肏猪货指的是和动物交配的人。"

"为什么人要和动物交配？"尼克说。

"我不清楚，"他父亲说，"但我知道这是个令人发指的罪行。"

尼克的脑袋被这个说法激起了骇浪，他想到了各种动物，但似乎没有什么吸引力，也不合实际。除了另一件事，这就是他父亲传授给他的全部性知识。一天早晨，他在报纸上读到恩里科·卡鲁索①因犯猥亵②罪被逮捕的消息。

"什么是捣碎？"

"是一种特别可耻的罪行。"他的父亲回答他。尼克脑海中出现了一幅画面：那位著名的男高音拿着捣土豆泥的杵子正对一位女士做着什么诡异且十恶不赦的事情；她是如此美丽，就像雪茄盒里面印着的安娜·海尔德③。他满怀恐惧地在心里做了个决定：等他长大了，也要至少尝试一次"捣碎"的滋味。

---

① 恩里科·卡鲁索（Enrico Caruso）：世界著名意大利男高音歌唱家。

② 猥亵：原文为"mashing"，作动词有捣碎、调情之意，这里当为猥亵。下文中，尼克误会了它的意思。

③ 安娜·海尔德（Anna Held）：法国歌唱家。

他父亲给这类事来了个总结：手淫会导致失明、精神错乱甚至死亡，而嫖娼的男人则会染上可怕的性病，要是染上了，就只能远离他人。另一方面，他的父亲有一双他平生所见过的最好的眼睛，尼克很长一段时间以来都非常爱他。现如今，他已知晓了一切，甚至连事态恶化前的那段回忆都算不得美好了。如果他将此诉诸笔端，也就能摆脱其纠缠。他通过写作排解了很多烦难，但现在写这件事还为时过早，因为许多牵扯到的人还尚在人世，所以他打算再想想其他事情。关于他父亲，他虽已思虑万千却依然无能为力。他清楚地记得殡仪员为父亲整理遗容的活做得很不错，其他一切回忆也都清晰如昨，包括自己承担的那些责任。他称赞了殡仪员，那人既感到骄傲又有点儿沾沾自喜的得意。但是，最后的遗容并不是殡仪员定下来的，他不过是做了些艺术品位可疑的拙劣修复。那张脸生来如此，直到最近三年才固定于尼克的脑海。这是个好故事，但仍有太多人还活着，不便叙写。

尼克在那些事上的青涩启蒙发生在印第安人营地后面的铁杉树林里。从小屋沿着一条小径穿过树林，走到农场，然后再沿条蜿蜒小路穿过一片豁野，便到了营地。此刻，他真想再次赤脚踩上那条路，重新感受一番。他先踏上屋后铺满松针的土路，穿过铁杉树林。林子里倒下的原木已碎裂成木屑，被闪电击中的树木上悬挂着一条条标枪一样的树杈。接着，他要渡过一条用树干搭成桥的小溪，一旦从桥上掉下来，等待他的就是沼泽黑漆漆的淤泥。翻过树篱，出了林子，就能看见被太阳晒得发干的田野上的小径。修剪过的草地、羊吃的酸模，还有毛蕊花，都热闹地长着。左行处是溪底聚成的泥塘，鸻鸟总在那里觅食，冷藏所 ① 就坐落在这条溪上。谷仓下面堆着暖烘烘的新鲜粪肥，陈肥则被架在上面结成干块。再接着走，穿过另一条树篱，双脚踏上从谷仓到屋子那条晒得坚硬发烫的小路，过了炙热的沙土路，奔向树林，穿过一条有正儿八经的桥的小溪。那里长满了猫尾草，可以揪一根浸了煤油做成杰克灯，夜里叉鱼的时候用。

　　然后，他沿着主干道朝左，绕过树林爬上山坡。进林子的路是用泥板岩铺的，走在树下颇为凉爽。为了运输印第安人剥下的铁杉树皮，这条路被加宽了些。铁杉树皮堆成一长排，屋顶上铺着更多的树皮，跟屋子似的。剥了皮的铁杉就躺在被砍倒的原处，树身巨大发黄。

　　他们把这些树就这么扔在林子里烂掉，连清理都不清理，哪怕是烧掉树杈子都懒得干。他们只要能卖给博因

---

① 冷藏所（spring house）：建在溪水上的小屋，用来保鲜肉类。

城皮革厂的树皮，他们每到冬季就可以把树皮通过结冰的湖面拖到对岸去。因为大量树木被砍伐，森林逐年减少，所以炙热无荫、杂草丛生的荒地也越来越多了。

不过那时仍有很多森林都密布着原始林木，那些树长到很高之后才会抽出其他枝干。脚下只有踩上去干净松软的棕色松针壤地，没有丛生的矮灌，炎日里也觉得清清爽爽。他们三个人躺在比两张床连起来还宽的铁杉树树干上。微风拂过梢头，清冷冷的光线透过枝叶散进来。比利开口说：

"你又想要特鲁迪了？"

"你呢，想要吗？"

"嗯哼。"

"那来吧。"

"别，就在这儿。"

"可是比利——"

"我才不在乎比利，他是我哥哥。"

他们三个坐了下来。一只黑松鼠在高处的树枝上吱吱叫着，可是他们只能听见声音，却看不见。他们等着它再次出声，因为松鼠叫时尾巴也会跟着动。这时候，尼克只消朝有动静的地方来上一枪就可以了。他的父亲每天只给他三发子弹用来打猎。他有杆单管猎枪，点 20 口径，枪管很长。

"这狗娘养的没动静啊。"比利说。

"你开一枪，尼克。吓吓它。看它跳起来时我们再打它。"特鲁迪说道。这算是她说的长句子了。

"我只有两发子弹了。"尼克说。

"操他×的。"比利骂道。

他们倚着树静静地等着。尼克觉得空虚中掺着一丝开心。

"埃迪扬言他哪晚要来睡了你妹妹多萝西。"

"什么？"

"他这么说的。"特鲁迪点了点头附和道。

"他想这么干不是一天两天了。"她说。埃迪是他们同父异母的哥哥，十七岁了。

"如果埃迪·吉尔比晚上敢来，胆敢和多萝西说一句话，你知道我会对他干什么吗？我会像这样杀了他。"尼克上了枪膛，没目标地开了一枪，好似在埃迪·吉尔比那杂种羔子的脑袋或肚子上穿了一个拳头般大的窟窿。"就像这样，我会像这样杀了他。"

"那他最好别来。"特鲁迪说着，把手放进了尼克的口袋里。

"他可得小心点儿。"比利说。

"他就牛皮吹得响，"特鲁迪的手在尼克的口袋里摸索着，"你可千万别真杀了他，会惹上大麻烦的。"

"我会像刚才那样杀了他的。"尼克说。埃迪·吉尔
比躺在地上，胸口被轰开了花。尼克一只脚骄傲地踩在
他的尸体上。

"我会剥下他的头皮。"他洋洋得意地说。

"不要，"特鲁迪说，"太恶心了。"

"我要扒了他的皮再寄给他妈。"

"他妈妈已经死了。"特鲁迪说，"别杀他，尼基，就
算为了我，别杀他。"

"我剥了他的皮，就拿他喂狗。"

比利沮丧极了。"他最好小心点儿。"他低落地说。

"它们会把他撕成碎片。"尼克说着，被那幅画面取悦了。
不错，剥了那叛徒杂种的头皮，然后站在一边面不改色地观
看猎狗撕碎他。他忽然向后踉跄了一下倒在树上，特鲁迪紧
紧地勒着他的脖子，大声叫喊着："不要杀他！不要杀他！
不要杀他！不要！不要！不要！尼基！尼基！尼基！"

"你怎么回事儿？"

"不要杀他。"

"我要杀了他。"

"他就是吹牛而已。"

"好吧，"尼克说，"我不杀了，除非他敢在我家附近

转悠。快放开我。"

"太好了。"特鲁迪说，"你现在想做点儿什么吗？我这会儿觉得不错。"

"只要让比利离开。"尼克刚杀了埃迪·吉尔比，又饶他一命，他现在是个男子汉了。

"你走开，比利。总这么跟前跟后的，快走。"

"婊子养的，"比利骂道，"我烦透这些了。我们干吗来了？打猎还是做别的破事？"

"你可以用那把枪，还有一发子弹呢。"

"好吧，我肯定能打个大黑松鼠回来。"

"我完事儿了叫你。"尼克说。

之后，很长一段时间过去了，比利都没有回来。

"你猜我们会不会生个小宝宝？"特鲁迪蜷起她棕色的双腿，倚着他轻轻地蹭着，快活极了。尼克走了神，思绪不知飘去了哪里。

"我不这么想。"他说。

"生一堆孩子怎么样？"

他听见比利开了枪。

"不知道他有没有打中。"

"我才不关心呢。"特鲁迪说。

比利穿过树林，肩上扛着枪，手里抓着一只黑松鼠的前掌。

"瞧瞧，"他说，"个头儿赶得上猫了。你俩完事儿了？"

"你在哪儿打的？"

"就在那儿。一开始看见它跳来着。"

"该回家了。"尼克说。

"不要。"特鲁迪说。

"我得回去吃饭。"

"那好吧。"

"明天还打猎吗？"

"行啊。"

"你们留着那个松鼠吧。"

"行。"

"晚饭后还出来吗？"

"不了。"

"你觉得怎么样？"

"我很好。"

"那就好。"

"亲亲我的脸。"特鲁迪说。

此时，他正开着车在高速公路行驶。天色渐渐黑了下来，尼克一直在想着他的父亲。一天的结束从不会让他想起父亲来，这个时刻总是属于尼克的，若不是独处，他就会浑身不自在。每年的秋天或是早春时节，当他看到鹬鸟飞过草原，地里成捆的玉米、一汪湖水、一辆马车，或是成群的野鹅，听见它们鸣叫，或是躲在猎鸭的隐蔽处时，父亲的身影就会闯入他的脑海。他回想起那次一只老鹰在大雪中俯冲下来捕捉被帆布遮住的诱饵，爪子缠在帆布里不能挣脱，便扇着翅膀拼命扑腾。在空无一人的果园里，新犁过的田地中、灌木丛中、小山上，或经过一片枯草地的时候，每次劈柴拉水，不论是经过磨坊、苹果酒厂，还是水坝、篝火，父亲的形象总是突然在这些时候跳出来，伴在他的左右。他所待过的那些城镇皆是他父亲不熟悉的城镇。在他十五岁以后，他们便不再分享什么了。

他父亲的胡子在天气寒冷时会结冰碴，天热的时候又汗津津的。他喜欢乘着大太阳在农场做工，倒不是迫不得已，而是他喜欢干体力活，可尼克并不喜欢。尼克很爱他的父亲，但是讨厌他身上的味道。有一次，他不得不穿一件他父亲的内衣，因为那件衣服太小，他父亲穿不了了，这让他觉得反胃。因此，他把衣服脱了下来，压在小溪的两块石头底下，回去说衣服弄丢了。他父亲逼他穿那件衣服时，他就说过气味难闻的话，但父亲却说那是洗干净的，事实上的确是洗过的。他让父亲自己闻闻，父亲气愤地闻了闻说是干净的，没有味道。因此，当尼克钓鱼回来，撒谎说自己弄丢了衣服时，他被父亲拿鞭子揍了一顿。

挨完打后，他坐在敞开着门的柴房里，给枪装了子弹，上了膛。他盯着正坐在纱窗门廊前读报纸的父亲，心想：我可以一枪崩了他，让他下地狱。可一想到这枪还是父亲给他的，他心里便不大好受起来，怒气最终还是压制了下去。后来，他去了印第安人的营地，在黑暗里踱来踱去，想要摆脱那股味道。家人里头只有一个人的味道是他喜爱的：他的妹妹。至于其他人，他都避之不及。这种嗅觉上的敏感在他抽烟后就迟钝了许多。这算是个好事。毕竟好的嗅觉应该在猎狗身上，对人来说，并无多大用处。

"爸爸，你小时候和印第安人一起打猎是什么样的？"

"我说不上来。"尼克吓了一跳。他压根没注意到这小家伙已经醒来了，坐在他旁边盯着他瞧。虽然有儿子陪着他，但他还是陷入了独自一人的世界之中，也不知儿子醒了多久了。"我们以前常花一整天的时间来打黑麻雀，"他说，"我父亲一天只给我三发子弹，因为他说这会教我如何打猎。而且一个男孩整天拿着枪到处瞎射不是什么好事。我和一个叫比利·吉尔比的男孩，还有他妹妹特鲁迪混在一起，我们那个夏天几乎天天都出去打猎。"

"都是有趣的印第安名字呢。"

"没错，很有趣。"尼克说。

"讲讲他们是什么样子吧。"

"他们是奥吉布瓦族的人，"尼克说，"十分友善。"

"和他们做朋友感觉怎么样？"

"很难说。"尼克·亚当斯说。难道跟个小家伙说她是他无与伦比的第一次？跟他说她丰腴的棕色大腿、平滑的肚皮、紧实娇小的胸脯、有力的臂弯、灵活的舌头、迷离的眼睛和甜美的嘴唇？还是说那不安、紧密、甜美和潮湿是如此美好，酸胀感和满足感填满了一切。那种永不终结、永无止境、永不停歇的感觉却突然戛然而止。一只大鸟在暮色中像猫头鹰一样飞起，林中的日光和铁杉树的针叶黏在肚皮上。当你走进印第安人居住过的地方时，便会闻到他们留下的气味。空酒瓶和嗡嗡打转的苍蝇也无法掩盖甜草、烟火气，还有像新鲜貂皮一样的味道。没有哪个挖苦印第安人的笑话能消散它，年迈的印第安老妪也不能带走它。不论他们染上了什么令人作呕的甜腻气息，亦不论他们最终做了什么事，都不是他们结束的方式。他们都以同样的结局逝去，很久以前尚可称颂，现在只觉可悲。

那就谈点儿其他的吧。你能打中一只正在飞翔的鸟，就能打中所有飞鸟。它们种类不同，飞行的方式也不尽相同，但是射猎它们的感觉是一样的，永不厌烦。在这点上，他感激自己的父亲。

"你可能不怎么喜欢他们，"尼克对儿子说，"但是我想你以后会喜欢的。"

"爷爷小的时候也和那些印第安人生活在一起吗？"

"是的。那时候，我问过他印第安人怎么样的问题，他说他有许多印第安朋友。"

"那我以后会和他们一起生活吗？"

"我不知道，"尼克说，"这得由你来决定。"

"我多大的时候才能有把猎枪自己去打猎呢？"

"如果不出岔子的话，十二岁吧。"

"真希望我现在就十二岁。"

"会的，时间转眼就过。"

"我爷爷什么样子？我不怎么记得他了，就记得我从法国来的时候他给了我一把气枪和一面美利坚旗子。他什么样儿啊？"

"很难描述。他是个很棒的猎手，厉害的渔夫，还有双顶呱呱的眼睛。"

"他比你还要厉害吗？"

"他打猎很有水平，而且他的爸爸对打鸟也很在行。"

"我打赌他没你厉害。"

"哦，他当然比我厉害。他打枪速度很快，利落又漂亮。我喜欢看他打猎胜过看任何人。他对我的打猎方式总是有这样那样的不满。"

"我们为什么从不去爷爷的墓地看他呢？"

"我们住得距离太远，去那儿要走很多路。"

"在法国就没这些计较，可以直接就过去了。我想我应该去爷爷的墓地看看他。"

"有时间我们就去。"

"我希望我们不会住太远，不然等你去世了我连到墓地看看你都不行。"

"我们会安排妥当的。"

"我们死了都埋在一个方便的地方怎么样？我们可以都葬在法国，那样就方便多了。"

"我可不想埋在法国。"尼克说。

"好吧。那么，我们在美国找一块方便的地方。都埋在牧场怎么样？"

"听起来是个好主意。"

"我去牧场看你的时候就能顺路去爷爷的墓前探望了。"

"你想得还挺周全。"

"其实，从没去过爷爷的墓地这事儿让我觉得不太好。"

"我们会去的，"尼克安慰道，"别担心，一定会去的。"

医生和他的妻子

迪克·博尔顿从印第安营地过来给尼克的父亲砍伐原木，带着他的儿子埃迪和另一个叫比利·塔伯索的印第安人。他们从围起来的树林的后门儿进来。埃迪扛着把很长的横切锯，走路时锯子就在他肩膀上忽闪忽闪的，发出如音乐一般的响声。比利·塔伯索背着两个大铁钩，迪克腋下夹着三把斧头。

他转过身关上了大门，另两个人在他前头朝湖岸走去。木头就被埋在那边的沙地里。

那些木头是从大拦木梗①里漂丢的。"魔法号"汽船把拦木梗从湖里拖到了磨坊，浮木没了阻拦，就漂到了滩岸上。如果这些木头一直扔在那儿没人理，"魔法号"的船员迟早会沿岸划着划艇找到它们。他们会把带铁环的

---

① 拦木梗：湖中的木制栅栏，专门用来拦截漂浮在水里的木头。

大铁钉敲进每个木头的末端，再把它们拖到湖里做新的拦木梗。但伐木工可能永远都不会来做这事儿，因为根本不值当花人工费去收集那几根木头。要是没人管，它们就会泡在水里，最终烂到沙滩上。

尼克的父亲觉得反正木头放在那儿迟早要烂，于是雇了几个营地来的印第安人，让他们把木头拿锯子锯开，用斧子劈了，做成柴火和大块燃木放在壁炉里取暖用。迪克·博尔顿走过小屋，来到湖边。四根大山毛榉木几乎全被埋进了沙子里。埃迪把锯子一端的手柄挂在其中一棵树的分杈上。迪克放下三把斧头，放在了小码头上。迪克是混血儿，湖周围住着的许多农民都认为他是个白人。他懒得要命，可一旦开始干活儿，你就会发现他着实是把好手。他从口袋里掏出一块烟草，放在嘴里嚼着，同埃迪和比利·塔伯索用欧及布威①语聊了起来。

他们先把铁钩的两端挂在一根木头上使劲地摇，让它在沙地上先松一松，接着用钩杆的力量撑撬它，木头就能从沙中挪动了。迪克·博尔顿转向尼克的父亲。

"真不错，医生，"他说，"你偷了不少好木材。"

"说话好听点儿，迪克，"医生说道，"不过是浮木

---

① 欧及布威（Ojibway）：北美原住民之一，常被称为"齐佩瓦族"，有自己的土语。

而已。"

埃迪和比利·塔伯索已经把木头从湿沙子里弄了出来，推着它往水边滚。

"把它放里边。"迪克·博尔顿大喊。

"这是干吗？"医生问。

"把它洗洗干净。沙子冲掉了才能锯。我想看看它是属于谁的。"迪克说。

原木放在湖里刚好被齐平淹过。埃迪和比利·塔伯索在太阳下靠着湿淋淋的大铁钩歇了口气。迪克跪在沙地上仔细查看，木头末端有砍伐时用铁锤定标留下的记号。

"它属于'怀特和迈克耐利'。"他说着，站起身掸了掸膝盖上的土。

医生心里不舒服极了。

"那你最好先别锯它，迪克。"他突然说。

"别那么暴躁，医生，"迪克说道，"别发脾气。我根本不关心你偷了谁的木头，这又不关我的事。"

"如果你认为这些木头是偷来的，那么现在就收拾你的工具赶紧离开，回你的营地去。"医生说道。他的面皮涨得通红。

"别急匆匆的，医生。"迪克吐了口烟草汁在木头上。它滑了下来，冲散在水里。"你我都清楚这是偷来的。你偷不偷对我来说无所谓。"

"很好，如果你坚持认为这是偷的，拿着你的家伙给我滚。"

"现在，医生——"

"收拾东西，滚！"

"听着，医生。"

"你胆敢再叫我一次医生，我就把你的上牙捶到嗓子眼里去。"

"哦，不，你不会的，医生。"

迪克·博尔顿看着医生。迪克是个大块头，知道自己有多壮实，还喜欢打架。这一来倒趁了他的心。埃迪和比利·塔伯索背靠着他们的大铁钩子，瞅着医生。医生咬着下唇的胡茬瞪着迪克·博尔顿，转过身径直走向山上的小屋。他们看着他的背影都能知道他有多么生气。他们三个看着他上了山，走进屋子里。

迪克用欧及布威语说了什么，埃迪笑了起来，但是比利·塔伯索看起来一脸严肃。他不懂英语，但是他们吵架时他十分焦急。他长得挺胖，跟中国人似的留着几绺胡子。他拿起两个铁钩，迪克捡起斧子，埃迪把锯子从树上拿下来。他们动身了，三人经过医生的屋子，从后门出去进了树林。迪克出去时没关后门，比利·塔伯索见状又折回去关上了大门，然后他们便穿过树林走掉了。

小木屋里，医生正坐在自己房间的床上。他看见了地上的医学杂志被摞成一堆放在办公桌旁边，包装还没拆开。这让他升起一股无名火。

"你不回去工作吗，亲爱的？"医生的妻子问道，她躺在一间拉着百叶窗的屋子里。

"不去！"

"出什么事了？"

"我没控制住，跟迪克·博尔顿吵了一架。"

"记着，治服己心，强于取城①。"他的妻子说。她是个信奉基督的科学家。她的《圣经》《科学与健康》和《季刊》杂志，都一起堆在她昏暗房间的床头柜上。

她丈夫没有回答。他现在坐在床上，擦拭着猎枪。那些杂志的外包装沉甸甸的，一律都是黄色的封壳。他把杂志全推开，又一个一个拆掉包装，扔得一床都是。

"亨利，"他的妻子唤他，没人应，又停顿了一小会儿，"亨利！"

"干吗？"医生说。

"你没说惹博尔顿生气的话吧？你说了吗？"

①该句出自《圣经》。

"没有。"医生说。

"那发生什么事了，亲爱的？"

"没什么。"

"告诉我，亨利。拜托你，别对我隐瞒什么。到底出什么事了？"

"没什么。迪克为了给他老婆治肺炎欠了我一大笔钱，我猜他想跟我吵一架，这样就不必给我干活儿还钱了。"

他的妻子沉默了。医生拿着一块抹布仔细地擦着枪管，把拆掉的包装推到那一大摊杂志后头，把枪放在膝盖上。他很喜欢他的枪。然后，他听见他妻子的声音从光线昏暗的屋子里传来："亲爱的，我不这么想。我认为没人能做出这种事来。"

"没人做得出？"

"没人，我不信哪个人会故意做这种事。"

医生站了起来，把枪放在梳妆台后面的角落里。

"你要出去吗，亲爱的？"他的妻子问。

"我想我要出去走走。"医生说。

"亲爱的，如果你要去看尼克，能不能告诉他，他妈妈很想见他？"他的妻子说。

医生走到门廊，摔上了身后的纱门。他听见妻子在他摔门的时候倒抽了一口气。

"抱歉。"他站在她拉下的百叶窗后说。

"没关系，亲爱的。"她说。

他顶着酷热走出大门，沿着小路进了铁杉树林。尽管天气很热，但林子里很凉快。他看见尼克正靠在树干上坐着读书。

"你妈妈想让你去看看她。"医生说。

"我想和你一起去。"尼克说。

他父亲低下头看着他。

"可以，那来吧。"他父亲说，"把书给我，我把它放进口袋里。"

"我知道哪里有黑松鼠，爸爸。"尼克说。

"好，"他的父亲说，"我们到那儿瞧瞧去。"

雨中的猫

　　旅馆里只有两个美国人还待着没走。对于进出房间时在楼梯上碰见的人，他们一个也不认识。他们的房间在二楼，面向大海，也正对着公园和战争纪念碑。公园里有高大繁茂的棕榈树，还有绿色的长凳。天气好时，总会看到一个画家带着画架出现在这儿。画家们喜欢棕榈树的长势，喜欢面向公园和大海的旅馆，那会显得旅馆色彩更加明快。意大利人跑老远的路来这里瞻仰纪念碑。铜铸的纪念碑在雨中闪闪发亮。天正下着雨，雨水从棕榈树上滴落下来，在砾石路上积成了大大小小的水洼。海水在雨中排成一线冲上沙滩，被拍下去后，又渐渐排成线涌上来。汽车一辆辆地从战争纪念碑旁边的广场上开走了。广场对面咖啡店的门口有个侍应生站着，望着空荡荡的广场发呆。

　　那个美国太太站在窗口向外张望。屋外有一只猫正好伏在他们窗户下面，蜷缩在一张滴水的绿桌子底下。那只猫试图把自己蜷得紧点儿，以免被雨水淋湿。

"我想下去把那只小猫抱上来。"美国太太说。

"我去吧。"她丈夫在床上说了一句。

"不用，我去吧。可怜的小猫想在桌子底下躲雨呢。"

她丈夫便继续看书了，后背倚着两只放在床脚的枕头，舒舒服服地躺着。

"别淋湿了。"他说。

他妻子下了楼，经过办公室时，旅馆的老板站起来向她鞠了个躬。他的办公桌在办公室较远的那一头。老板年纪大了，个子挺高。

"下雨了！"①太太说。她喜欢这个旅馆的老板。

"是的，是的，太太。太坏了，天气太坏了。"②

他站在那个阴暗房间尽头的办公桌后面。这位太太喜欢他。她喜欢他接到投诉抱怨时严肃至极的态度，喜欢他不卑不亢的样子，喜欢他对她周到的服务，喜欢他当老板的神气劲儿，还喜欢他那苍老稳重的面孔和宽大的双手。

怀揣着喜欢他的心情，她打开门向外张望，雨下得

---

① 此处原文为意大利语。
② 此处原文为意大利语。

更大了。一个穿着橡胶雨衣的男人正穿过空旷的广场往咖啡店走去。那只猫应该在右边，也许她能顺着屋檐从下面走过去。当她站在门口时，一把伞在她身后撑开了，是给他们房间服务的女侍应。

"您千万别淋湿了。"她微笑着，讲的是意大利语。不用说，定是旅馆老板派她来的。

女侍应帮她打着伞，她们沿着砾石路一直走到他们窗子下面。桌子就在那儿，绿颜色经雨水一冲，显得十分鲜亮，可是猫却不见了。她一下子陷入失望中。女侍应抬头望着她。

"您找什么，太太？"[1]

"刚才这儿有一只猫。"美国太太说道。

"一只猫？"

"是的，它跑了。"[2]

"一只猫？"女侍应笑了起来，"一只待在雨里的猫？"

"不错，"她说，"就在桌子底下。"紧接着她又说道，"啊，我太想要它了。我想要那只小猫。"

她说英语时，女侍应绷着脸。

---

[1] 此处原文为意大利语。

[2] 此处原文为意大利语。

"来吧，太太，"她说，"我们该进去了，否则您会淋湿的。"

"我想也是。"美国太太说。

她们顺着砾石路往回走，进门前女侍应停在外面合了伞。美国太太走过办公室时，旅馆老板在办公桌后面向她鞠躬。她内心觉得虽然这是件微不足道的事，却也有些不大自在。老板恭维的态度让她感觉自己虽渺小，却也极为重要。她有一刹那竟也觉得自己是个举足轻重的人物了。她走上楼梯，打开了房门。乔治仍在床上看书。

"抓到猫了吗？"他放下书问。

"跑了。"

"不知跑哪儿去了。"他说，目光从书上移开，放松下眼睛。

她坐到了床上。

"我想要它想得发疯，"她说，"我搞不清自己为什么这么想要它。我想要那只可怜的小猫，让一只可怜的小猫在雨中淋着可不是好玩的事情。"乔治的目光又回到了书本上。

她走过去，坐在梳妆台前面，借着手镜照看自己。她仔细端详着自己的侧脸，先细看看这一边，再瞧瞧那一边，然后又对着头颈打量了一番。

"你觉得我把头发留长怎么样？"她问道，又瞧了瞧侧脸。

乔治抬起头，看着她脖子后面短得跟男孩似的头发。

"我喜欢你现在的发型。"

"我已经厌烦这个模样了，"她说，"我已经受不了跟个男孩一样了。"

乔治在床上换了个姿势。从她开始说头发的事，他的目光就没离开过她。

"你看起来美极了。"他说。

她把镜子放在梳妆台上，走到窗口边看向外面。天渐渐黑了下来。

"我要把头发留长往后梳起来，扎一个大大的、又光又紧的发髻，随时能摸一摸，"她说，"我想要只猫坐在我怀里，我摸摸它，它就呜呜地叫。"

"是吗？"乔治躺在床上说。

"我要用自己的银餐具吃饭，我想要蜡烛，我要把它点燃，我要在镜子前梳头发，我要一只小猫，我要几件新衣裳。"

"哦，闭嘴吧！去找点书念念。"乔治说完，又回头看书去了。

他的妻子望着窗外。天越发黑了，雨水依旧淅淅沥沥打在棕榈树上。

"不管怎么说，我就要一只猫，"她说，"我要一只猫，现在就要。如果我不能留长头发或做其他什么好玩的事，我能有只猫也好。"

乔治没有听她讲话，只顾盯着他的书。他的妻子看着窗外，广场上的灯开始亮了起来。

有人在敲门。

"进来。"① 乔治回应道，从书页里抬起了头。

门廊里站着那位女侍应。她怀里紧抱着一只大的玳瑁猫，猫咪正在她身上扭来扭去。

"打扰了，"她说，"老板叫我把这只猫交给太太。"

---

① 此处原文为意大利语。

"去哈利的酒吧。"好狮子说。

"记得代我向西普里亚尼问好，告诉他过几天我就去清了赊的账。"他的父亲说。

"好的，父亲。"好狮子说完，轻轻地飞到地上，迈着四足走向哈利的酒吧。

西普里亚尼的酒吧里什么都没变。他的朋友们也都在，但是他自己却因为去了非洲有点儿不一样了。

"要来杯内格罗尼吗，男爵阁下？"西普里亚尼先生问道。

但是，好狮子一路从非洲飞过来，非洲改变了他。

"你店里有印度商人三明治吗？"他问西普里亚尼。

"没有，不过我可以弄点儿过来。"

"你派差时给我上杯干马提尼，"他补充道，"要加金酒。"

"棒极了，"西普里亚尼说，"说真的，这搭配棒极了。"

现在，好狮子四处看了看他眼前这些高尚的人们，知道自己回了家，但是他也在旅途中见了世面。这让他相当开心。

杀手

亨利餐厅的门打开了，两个男人走了进来，在餐台旁坐下。

"两位吃点儿什么？"乔治问他们。

"我不知道。"其中一个男人说，"你想吃什么呢，艾尔？"

"我也不知道，"艾尔说，"我不知道我想吃什么。"

外面的天色已经暗了下来，窗外的路灯也亮了。那两个男人坐在餐台边看着菜单。尼克·亚当斯在餐台另一头看着他们。他们进来的那会儿，他正在和乔治聊天。

"我要份浇苹果酱汁的烤猪里脊，配土豆泥就行。"第一个男人说。

"这个现在还不能上呢。"

"那你他×把它放进菜单里干吗？"

"那是晚餐，"乔治解释道，"六点钟才有。"

乔治看了看餐台后面墙上的挂钟。

"现在是五点。"

"钟上显示五点过二十了。"第二个男人回答。

"它快了二十分钟。"

"哦，见鬼的破钟。"第一个男人说，"那你这里有什么吃的？"

"我可以提供各种三明治，"乔治说，"有火腿鸡蛋的、培根鸡蛋的和肝子培根的，或者你们可以吃牛排。"

"我要炸鸡肉饼配青豌豆、浇奶油汁，还有土豆泥。"

"那是晚餐。"

"所有我们想吃的都是晚餐，嗯？你就这么做生意的？"

"你们可以点火腿鸡蛋三明治、培根鸡蛋三明治，或者肝子——"

"给我来份火腿鸡蛋三明治好了。"叫艾尔的男人说。他戴着顶常礼帽①，穿着件胸前系扣子的黑大衣。他脸又小又白，嘴巴抿得紧紧的，围着条丝质的围巾，还戴着手套。

"给我培根鸡蛋的吧。"另一个男人说。他身材看起来和艾尔差不多。他们虽然长相不同，但穿得跟双胞胎

---

① 常礼帽（derby hat）：一种圆顶窄边的礼帽。

似的。两个人穿着的大衣都有点儿紧。他们坐下来向前
倾着身子，手肘放在餐台上。

"有什么喝的吗？"艾尔问。

"有白啤、贝沃①和姜汁汽水。"乔治回答。

"我的意思是有什么能喝的吗？"

"就是我说的这些。"

"这镇子还挺有意思。"另一个人说，"他们管这镇子
叫什么来着？"

"顶峰。"

"从没听说过吗？"艾尔问他的朋友。

"没听说过。"朋友说道。

"你们这里晚上都做什么？"艾尔问。

"吃晚餐，"他朋友回答，"他们都来这里吃大餐。"

"没错。"乔治说。

"所以，你认为这没错？"艾尔问乔治。

"当然。"

"你还真是个聪明的男孩，是不是？"

"当然。"乔治说。

"好吧，不过你可不是。"另一个小个子男人说，""艾

---

① 贝沃（Bevo）：一种类似格瓦斯的无酒精饮料。20 世纪初产于美国，在禁酒令期
间大受欢迎。

尔，他聪明吗？"

"他是个蠢货。"艾尔说完，把脸转向尼克，"你叫什么名字？"

"亚当斯。"

"又一个聪明的男孩。"艾尔说，"麦克斯，他是个聪明的小子吗？"

"这镇上满是聪明的男孩。"麦克斯说。

乔治把两个盘子放在餐台上，一盘火腿鸡蛋三明治，另一盘装着培根鸡蛋三明治。他又放下两碟当配菜的炸土豆，关上了厨房的出餐口。

"哪个是你的？"他问艾尔。

"你不记得吗？"

"火腿鸡蛋。"

"真是个聪明的家伙。"麦克斯说着，向前探身拿了火腿鸡蛋三明治的盘子。两个人都戴着手套吃饭。乔治看着他们吃着。

"你在看什么？"麦克斯盯着乔治。

"没看什么。"

"你他×当然在看，你在看我！"

"这小子大概是想故意开个玩笑，麦克斯。"艾尔说。

乔治笑了起来。

"你不用笑，"麦克斯对他说，"你完全不用笑，明白吗？"

"没关系。"乔治说。

"他觉得没关系，"麦克斯转向艾尔，"他觉得这样没关系，这笑话可真不错。"

"哦，他是个思想家。"艾尔说。他们接着吃饭。

"餐台那边那个聪明的男孩叫什么名字？"艾尔问麦克斯。

"嘿，聪明的男孩，"麦克斯对尼克说，"你绕到台子那边和你男朋友站一块儿。"

"这是要做什么？"尼克问。

"不做什么。"

"你最好过去，聪明的男孩。"艾尔说。尼克走到了餐台后面。

"这是要做什么？"乔治问。

"关你屁事，"艾尔说，"谁在厨房里？"

"那个黑人。"

"那个黑人是哪个黑人？"

"做饭的黑人。"

"叫他进来。"

"叫他干什么？"

"叫他进来。"

"你以为你们在什么地方？"

"我们绝对知道自己他×的在哪儿，"叫麦克斯的男人说，"我们看起来像傻子吗？"

"你这话倒像是傻子说的，"艾尔对他说，"你他×跟这小子吵什么？"他对乔治说："听着，告诉黑鬼，叫他到这儿来。"

"你们打算对他做什么？"

"不做什么。动动你的脑子，聪明的男孩，我们会对一个黑鬼做什么事儿呢？"

乔治将通向厨房的出餐口打开了一条缝儿。"萨姆，"他叫道，"过来一下。"

厨房门被打开了，那个黑人走了进来。"怎么了？"他问。那两个在餐台边的男人看了他一眼。

"好了，黑鬼。你就站在那儿。"艾尔说。

萨姆——那个黑人，围着围裙站着，看着那两个坐在餐台旁的男人。"是的，先生。"他回答。艾尔从凳子上站了起来。

"我和黑鬼还有这个聪明的小子回厨房去，"他说，"回厨房去，黑鬼。你跟上他，聪明的男孩。"那个小个子男人走在尼克和厨师萨姆的后头，进了厨房。门在他们身后关上了。那个叫麦克斯的男人坐在乔治对面的餐台边上，但他没有盯着乔治，而是看着餐台后边那面宽大的镜子。这里原来是个酒馆，亨利把它弄成了餐厅。

"那么，聪明的男孩，"麦克斯看着镜子说，"你为什么不说点儿什么呢？"

"你们要做什么？"

"嘿，艾尔，"麦克斯喊道，"聪明的男孩想知道我们要做什么。"

"你干吗不告诉他呢？"艾尔的声音从厨房传来。

"你觉得我们要干什么？"

"我不知道。"

"你怎么想的呢？"

麦克斯说话时一直盯着镜子。

"我不会说的。"

"嘿，艾尔，聪明的男孩说他不告诉我们他觉得我们会做什么。"

"行了，我能听见你说话。"艾尔在厨房说，用了个番茄酱瓶子把厨房收盘子的小窗口撑开。"听着，聪明的男孩，"他在厨房里对乔治说，"顺着吧台往前站站；你往左边挪挪，麦克斯。"他像个安排群体照片的照相师一样。

"跟我说说，聪明的男孩，"麦克斯说，"你觉得会发生什么事？"

乔治什么也没说。

"我来告诉你，"麦克斯说，"我们要杀一个瑞典人。你知道一个叫奥莱·安德森的大块头瑞典人吗？"

"知道。"

"他每晚都来这儿吃饭，是吗？"

"有时他会来。"

"他六点钟会来这儿，对吗？"

"如果他来的话，是的。"

"这些我们都知道，聪明的男孩，"麦克斯说，"跟我说说其他的，你看过电影吗？"

"偶尔看一回。"

"你应该多去看看电影。电影对你这种聪明的男孩来说是好东西。"

"你们为什么要杀奥莱·安德森呢？他以前对你们做了什么吗？"

"他可没机会对我们做什么，他甚至都没见过我们。"

"他就要见到我们了。"艾尔在厨房里补充道。

"那么，你们为什么要杀了他呢？"乔治问。

"我们杀他是为了一个朋友，帮朋友的忙而已，聪明的男孩。"

"闭嘴吧你，"艾尔在厨房说道，"该死的，你说得太多了。"

"好吧，我得让聪明的男孩保持开心。是不是，聪明的男孩？"

"你他×说得太多了，"艾尔说，"黑鬼和我这里的聪明男孩在自己取乐呢。我把他们绑到了一块儿，就像女修道院里的一对朋友一样。"

"我猜你以前在修道院生活？"

"这你可不知道。"

"你在一个犹太女修道院里，你就在那儿。"

乔治抬头看了看钟表。

"如果有人进来，你就告诉他们厨子下班了。要是他们还不肯走，你就说你要到厨房自己做饭。明白了吗，聪明的男孩？"

"明白了。"乔治说，"之后，你会对我们怎么样？"

"这得看情况，"麦克斯说，"这是你目前不会知道的一件事。"

乔治抬头看着钟，六点十五分。临街的门打开了，一个电车司机走了进来。

"你好啊，乔治，"他说，"能给我弄点儿晚饭吗？"

"萨姆出去了，"乔治说，"他半小时内回来。"

"那我最好去街上看看别的。"司机说。乔治看着表，六点二十分了。

"干得不错，聪明的男孩，"麦克斯说，"你是个合格的小绅士。"

"他清楚我会一枪爆了他的头。"艾尔在厨房里说。

"别，"麦克斯说，"没必要那样。聪明的男孩不错，他是个好孩子，我喜欢他。"

六点五十五分的时候，乔治说："他不会来了。"

在此期间，有两个人进了餐厅。一个人要把食物带走，乔治不得不到厨房里做了火腿鸡蛋三明治。他在厨房里看见了艾尔，艾尔的圆顶礼帽向后斜着，坐在出餐口旁边的凳子上，一支短管霰弹枪的枪口挨着架子靠着。尼克和厨师背对背被绑在角落里，两个人嘴里都塞着毛巾。乔治做了三明治，用油纸包了，放进袋子里拿了出来。男人付了钱就走了。

"聪明的男孩什么事都能做，"麦克斯说，"他能做饭，还能做别的。你能把女孩调教成好妻子的，聪明的男孩。"

"是吗？"乔治说，"你的朋友，奥莱·安德森不会来了。"

"我们再给他十分钟。"麦克斯说。

麦克斯看了看镜子，又看看表。钟表的指针指向了七点，接着又指向七点零五分。

"来吧，艾尔，"麦克斯说，"我们最好离开，他不会来了。"

"最好再等他五分钟。"艾尔在厨房里说。

五分钟内，又有个男人走了进来，乔治解释说厨子病了。

"见鬼的，你们干吗不换个厨子？"男人问，"你们经营的不是餐厅吗？"

他走了出去。

"走吧，艾尔。"麦克斯说。

"聪明的男孩和黑鬼怎么办？"

"他们没关系。"

"你觉得没关系？"

"当然。我们的事情完成了。"

"我不喜欢，"艾尔说，"太草率了，你说得太多了。"

"哦，管他呢。"麦克斯说，"我们得保持心情愉快，是不是？"

"你说得太多了，你总是这样。"艾尔边说着边从厨房里走了出来。霰弹枪枪筒掩藏在裹紧的大衣下，在他的腰间上凸起了一块。他用戴手套的双手紧了紧大衣。

"再见了，聪明的男孩，"他对乔治说，"你可真是幸运。"

"这倒是事实，"麦克斯说，"你应该玩玩赌马，聪明的男孩。"

两个人走出了大门。乔治透过窗户看着他们从弧光灯下走过，穿过马路，走到大街对面。他们俩穿着紧绷绷的大衣，戴着圆礼帽，看起来就像一对喜剧演员似的。乔治穿过弹簧门走进厨房，给尼克和厨子松了绑。

"我再也不想经历这些了，"厨子萨姆说，"我再也不想经历这些了。"

尼克站了起来，他嘴里还从没被人塞过毛巾。

"我说，"他说，"这他×都是什么事儿？"他想显得不那么丢人。

"他们要杀奥莱·安德森，"乔治说，"他们打算在他进来吃饭时枪杀他。"

"奥莱·安德森？"

"是的。"

厨子用拇指抹了抹自己的嘴角。

"他们都走了？"他问。

"是的，"乔治说，"他们现在走了。"

"我不喜欢这样，"厨子说，"我一点儿也不喜欢这样。"

"听着，"乔治对尼克说，"你最好去看看奥莱·安德森。"

"好的。"

"你们最好别做任何掺和到里头的事。"厨子萨姆说，
"最好别插手。"

"你不想去那就别去了。"乔治说。

"搅和进去对你们没好处，"厨子劝道，"你们离这事
儿远点儿。"

"我要去看看他。"尼克对乔治说，"他住哪儿？"

厨子转过身走了。

"小屁孩总是觉得自己无所不能。"他说。

"他住在赫希的公寓里。"乔治对尼克说。

"那我就去那儿。"

餐厅外，弧光灯透过树木光秃秃的枝干照了下来。尼
克沿着电车轨道一直走，在下个弧光灯处转到了一条辅
路上。街道旁的第三幢房子就是赫希的公寓。尼克走上
两级台阶，按下门铃。一个女人开了门。

"奥莱·安德森在吗？"

"你想见他？"

"是的，如果他在的话。"

尼克跟着女人走上一段楼梯，走到走廊尽头。她敲了
敲门。

"谁啊？"

"有人想见你，安德森先生。"女人说。

"我是尼克·亚当斯。"

"进来。"

尼克推开门走进屋子里。奥莱·安德森正和衣躺在床上。他曾经是个重量级的职业拳击手，这张床有点儿容纳不下他。他脑袋下枕着两个枕头，没有看尼克。

"有什么事？"他问。

"我从亨利那儿来的，"尼克说，"有两个家伙进来绑了我和厨子，他们说要来杀你。"

他的话听起来有些可笑，但奥莱·安德森没有说什么。

"他们把我们绑在厨房里，"尼克继续说道，"他们打算在你来吃晚餐时用枪打死你。"

奥莱·安德森盯着墙面，一言不发。

"乔治认为我最好来一趟，告诉你这件事。"

"我对此无能为力。"奥莱·安德森说。

"我可以告诉你他们长什么样。"

"我不想知道他们长什么样，"奥莱·安德森看着墙说道，"谢谢你来告诉我这个。"

"这没什么。"

尼克看着这个躺在床上的大块头男人。

"你不想让我去告诉警察吗？"

"不用，"奥莱·安德森说，"这帮不上什么忙。"

"还有什么事是我可以做的吗？"

"没有，没什么能做的。"

"可能那只是恐吓罢了。"

"不，那不仅仅是一个恐吓。"

奥莱·安德森翻了个身，脸对着墙。

"唯一的问题是，"他对着墙面说，"我不能下决心从
这里走出去。我在这儿待了整整一天了。"

"你不能出镇子吗？"

"不，"奥莱·安德森说，"这么跑来跑去的，我受
够了。"

他看着墙。

"现在没什么好做的了。"

"你不能想办法弥补吗？"

"不能。我得罪了人。"他仍然用平淡的声音说，"没
什么好做的了。我过一会儿会下定决心走出去的。"

"我还是回去看看乔治吧。"尼克说。

"再见，"奥莱·安德森说，他并没有看向尼克，"谢
谢你专门跑一趟。"

尼克出去了。就在他关门时，他看见奥莱·安德森和衣躺在床上，眼睛盯着墙。

"他在屋子里待了一整天，"女房东在楼下说，"我想他可能不大舒服。我对他说：'安德森先生，像这样好的秋日，你应该出去走一走。'但他并不听。"

"他不想出去。"

"我很遗憾他的身体不舒服，"女人说道，"他是个很好的人。他以前是打拳击的，你知道的。"

"我知道。"

"要不是他的脸，你压根就不知道他还是吃这碗饭的。"女人说。他们站在临街的大门内聊天。"他为人很温柔。"女人继续补充道。

"那么，晚安了，赫希夫人。"尼克说。

"我不是赫希夫人，"女人说，"她是房主，我只是帮她照看而已。我是贝尔夫人。"

"好吧，晚安，贝尔夫人。"尼克说。

"晚安。"女人说。

尼克走到黑漆漆的大街上，来到转角的弧光灯下，沿着车道走到亨利的餐室。乔治在里头，待在餐台后面。

"你见到奥莱了吗？"

"见到了，"尼克说，"他待在自己的屋子里不肯出来。"

厨师听见尼克的话，推开了厨房门。

"我什么都没听见。"他说着关上了门。

"你告诉他了吗？"乔治问。

"当然，我告诉他了，不过他说他都知道。"

"他打算怎么办？"

"什么也不做。"

"他们会杀了他的。"

"我猜他们会的。"

"他肯定在芝加哥惹上了什么事。"

"我也这样想。"尼克说。

"这事儿很要命。"

"是件很可怕的事。"尼克说。

他们沉默了。乔治拿了块毛巾擦着台面。

"我很好奇他究竟做了什么？"尼克说。

"出卖了什么人。这就是他们要杀他的原因。"

"我要离开这个镇子。"尼克说。

"没错儿，"乔治说，"这是明智的做法。"

"我没法想象他在屋子里等待着，对他即将到来的命运一清二楚。这也太可怕了。"

"既然这样，"乔治说，"那你最好别去想这事儿。"

拳击手

尼克站了起来，发现自己没什么大碍。他抬头看着铁轨上最后一节车厢的灯光消失在转弯处。铁路两边都是水，再往远处就是有零星落叶松的沼泽。

他摸了摸膝盖，裤子划破了，露出的皮肤也擦破了。他的双手有划伤的痕迹，指甲缝里嵌满了沙子和煤渣。他走到铁路边缘，沿着斜坡走到水边洗手。他在冷水中仔细地洗着，把脏东西从指甲缝中清洗出来后，又蹲下身清洗膝盖。

那个肮脏卑鄙的司闸员①，总有一天会逮到他，让那家伙尝尝他的厉害。刚才那招可耍得他够呛。

"到这儿来，小子，"那个司闸员说，"我有东西要给你。"

---

① 司闸员（brakeman）：铁道上负责扳闸的人员。

121

他上当了。这种骗小孩的把戏居然让他中了招。他们再也不能像这样整到他了。

"小子，过来，我给你看个东西。"然后，只听"砰"的一声，他就在铁轨旁四肢朝地摔了个狗啃泥。

尼克揉了揉自己的眼睛，一个大包鼓了起来。这下好了，眼圈肯定乌青了，现在已经开始疼了起来。那个狗娘养的杂碎司闸员！

他用手指碰了碰眼睛上面的肿包。哦，好吧，不过是眼睛青了一圈而已。总共就受了这么点儿伤，这代价还不算太高。他希望自己能看见眼上的伤，可是借着水里的倒影什么都看不见。天色暗了下来，四周一片荒凉，前不着村后不着店的。他在裤子上擦干手上的水，站了起来，然后爬上路堤走到铁路上。

他沿着铁道往前走。道砟铺得很好，走起来十分容易。枕木之间塞满了沙子和碎石，走上去很坚实。平坦的路基像堤道一样穿过沼泽地向前延展。尼克沿路走着。他必须要找个落脚的地方。

当一列货运列车在离沃尔顿枢纽站[①]外的调车场减慢速度时，尼克扒了上去。那列火车载着尼克，天刚擦黑

① 沃尔顿枢纽站（Walton Junction）：位于密歇根州北部的铁路线上。

就开过了卡尔卡斯卡①。现在，他一定快到曼瑟洛纳②了，看上去还得在沼泽地走上三四英里的样子。他沿着铁轨一直走，确保双脚踩在枕木之间的碎石上。鬼魅般的雾气在沼泽中升腾了起来。他的眼睛很疼，而且饥肠辘辘。他继续往前走，把几英里的轨道甩在身后。铁路两边依然是沼泽，没有什么变化。

前面有一座桥，尼克跨了过去，靴子敲在铁轨上发出空洞的声音。从枕木缝隙间看下去，桥下的水面黑乎乎的。尼克对着一枚松动的道钉踢了一脚，道钉掉进了水里。桥的那边是山群，耸立在铁道两旁，黑漆漆的。在铁路那头，尼克看见了火光。

他走下铁路，小心翼翼地向那火光走去。火光在轨道的一侧，铁路路堤的下方。他只能看见那里有亮光。铁轨穿过一个山口，中间开阔的空地上被火光照得亮亮堂堂，接着在森林处逐渐消失了。尼克小心地走下路堤，进了林子，穿过树木走向火堆。这是个山毛榉树林。当他从树间走过时，掉落的山毛榉刺果就躺在他的脚边。火堆就在树林边上，现在看着更加明亮了。一个男人正坐在火堆旁。尼克躲在树后观察着。那个男人看起来孤身一

① 卡尔卡斯卡（Kalkaska）：密歇根州的地名。
② 曼瑟洛纳（Mancelona）：密歇根州的地名。

人，坐在那儿，用手托着脑袋看着篝火。尼克走了出来，
朝火光走去。

男人坐在那儿盯着火堆，尼克停下来静静地站在他身
后。他依旧一动不动。

"你好！"尼克说。

男人抬头看了看。

"你从哪儿搞了个黑眼圈？"他说。

"一个司闸员打的。"

"从货运列车上下来的那个？"

"是的。"

"我看见那个浑蛋了，"男人说，"他大概一个半小时
前经过这儿。他在车顶上走来走去，一边拍胳膊，一边
唱歌。"

"那个王八蛋！"

"揍了你肯定让他感到很高兴。"男人绷着脸说。

"我会揍他的。"

"当他经过的时候，你找机会用石头砸他。"男人建
议道。

"我会抓住他的。"

"看来你是条硬汉。"

"不。"尼克回答道。

"你们这些孩子都很强硬。"

"你不得不硬气起来。"尼克说。

"这就是我说的意思。"

男人看着尼克笑了笑。借着火光，尼克发现他的脸是畸形的。他的鼻子凹了下去，眼睛狭长，嘴唇形状奇怪。尼克没有一下子全部看清，只看见男人相貌奇怪，畸形残缺，脸瞧上去像上了油灰，火光一映，仿佛死人一般。

"你不喜欢我这张脸吗？"男人问。

尼克有些尴尬。

"瞧你说的。"他说。

"瞧这儿！"男人脱下了他的帽子。

他只有一只耳朵，长得很厚，紧紧地贴在一边的脑袋上。而另一边应该长着耳朵的地方只有一截耳根。

"见过这样的吗？"

"没有。"尼克说。这景象让他有点儿恶心。

"我受得了。"男人说，"难道你觉得我受不了吗，小伙子？"

"当然受得了。"

"他们的拳头如雨点般落在我身上，"小个子男人说，"但他们伤不了我。"

他看着尼克。"坐下来吧，"他说，"想吃点东西吗？"

"不用了，"尼克说，"我打算去城里。"

"听着！"男人说，"叫我阿德。"

"行！"

"听着，"小个子男人说，"我这人不是很正常。"

"你怎么啦？"

"我是个疯子。"

他戴上自己的帽子。尼克觉得想笑。

"你很正常。"尼克说。

"不，我不正常。我疯了。听着，你疯过吗？"

"没有，"尼克说，"你怎么疯的？"

"我不知道。"阿德说，"当你疯了的时候，你根本不
知道怎么回事儿。你认识我，对吗？"

"不认识。"

"我是阿德·弗朗西斯。"

"你说真的？"

"你不相信？"

"我信。"

尼克知道这一定是真的。

"你知道我是怎么打败他们的吗？"

"不知道。"尼克说。

"我心率很慢。它一分钟只跳四十次，你试试。"尼

克犹豫了一下。

"来吧，"男人抓着他的手，"握着我的手腕，把手指放在这儿。"

小个子男人的手腕很粗，骨头上的肌肉鼓鼓的。尼克感到缓慢的脉动从指尖传来。

"有表吗？"

"没有。"

"我也没有，"阿德说，"没表的话真试不出什么。"尼克放下了男人的胳膊。

"听着，"阿德·弗朗西斯说，"再握住它，你数脉搏，我数到六十。"

尼克在指尖一感受到那缓慢有力的脉搏就开始数数。他听见小个子男人声音洪亮而缓慢地数着："一，二，三，四，五……"

"六十，"阿德数完了，"这是一分钟。你数了多少下？"

"四十下。"尼克说。

"这就对了，"阿德开心地说，"它从来没快跳过。"

一个男人从铁路路堤上走了下来，穿过林中空地往篝火这边走来。

"你好呀，博格斯！"阿德说。

"你好！"博格斯回应道。这是个黑人的声音，尼克从他走路的方式就知道他是个黑人。他背对着他们，弯下腰烤了一会儿火。此时，他站直了身子。

"这是我的老伙计博格斯，"阿德说，"他也是个疯子。"

"很高兴见到你。"博格斯说，"你从哪儿来的？"

"芝加哥。"尼克说。

"那是个不错的地方，"那个黑人说，"我还不知道你叫什么名字。"

"亚当斯。尼克·亚当斯。"

"他说他从没疯过，博格斯。"阿德说。

"他还要遇到很多事呢。"黑人说。他在篝火旁打开了一个包裹。

"我们什么时候吃饭，博格斯？"那个职业拳击手问。

"现在就吃。"

"你饿了吗，尼克？"

"我快饿死了。"

"听见了吗，博格斯？"

"你们说的话我基本都听到了。"

"我问你的不是这个。"

"我知道。我听见这位先生说的话了。"

他在煎锅里铺了一片火腿。煎锅越来越热，锅里的油滋滋发响。博格斯弯下黑人天生的长腿蹲在火堆前，把火腿翻了个面。他又往锅里打了几个鸡蛋，将鸡蛋从一边滑到另一边，用热油慢慢地煎熟鸡蛋。

"亚当斯先生，你能把那个包里的面包拿出来切几片吗？"博格斯从火堆旁转过头说。

"没问题。"

尼克在包里摸索着，拿出一条面包来，切了六片。阿德往前倾了倾身子看着他。

"我帮你拿刀子吧，尼克。"他说。

"不，你不能拿。"那个黑人说，"拿好你的刀子，亚当斯先生。"

职业拳击手坐了回去。

"亚当斯先生，你能给我拿点面包吗？"博格斯请求道。尼克把面包递给了他。

"你喜欢把面包蘸在火腿油脂里吗？"黑人问。

"当然喜欢！"

"我们最好再等一小会儿，晚餐快结束的时候会更好。瞧着吧。"

黑人抓起一片火腿放在一片面包上，然后在上面放了一个煎蛋。

"请你把三明治夹上，递给弗朗西斯先生。"

阿德拿过三明治开始吃了起来。

"小心别让鸡蛋掉了。"黑人提醒道，"这是你的，亚当斯先生。剩下的是我的。"

尼克咬了一口三明治。黑人挨着阿德坐在他对面，热腾腾的煎火腿和鸡蛋尝起来棒极了。

"亚当斯先生看起来饿坏了。"黑人说。那个小个子男人沉默着，尼克知道他的名字，他是一名前拳击冠军。自黑人不让给他刀子后，他就一声不吭。

"我帮你弄一片蘸过热油的面包怎么样？"博格斯说。

"十分感谢。"

那个小个子白人看着尼克。

"你也想来一点儿吗？阿道夫·弗朗西斯①先生？"博格斯从煎锅取了片面包说。

阿德没有回答，他正盯着尼克看。

"弗朗西斯先生？"黑人温柔的嗓音传来。

阿德没有回答，他正盯着尼克看。

"我在跟你说话呢，弗朗西斯先生。"黑人轻柔地重复道。

---

① 阿德是他的昵称。

阿德还在盯着尼克，然后把帽子拉下来遮住了自己的眼睛。尼克觉得有些紧张。

"见鬼！你有几个胆子敢对我这样？"帽子下发出尖锐质问尼克的声音。

"你他×以为你是谁？你就是个势利的王八蛋。你不请自来，吃着别人的食物，当他借你的刀时，你还这么没礼貌。"

他狠狠地瞪着尼克，脸色煞白，眼睛遮在帽檐下，几乎快要看不见了。

"你这个娘娘腔。谁让你到这儿来的？"

"没有人。"

"你他×说对了，是没人让你来，也没人请你待在这儿。你跑过来，对我的脸表现出一副浑蛋样儿，抽我的烟，喝我的酒，说话还这么不客气。你到这来想做什么？"

尼克一声不吭。阿德站了起来。

"我来告诉你，你这个胆小的芝加哥浑球。你要从这儿滚出去，你明白了吗？"

尼克向后退了一步。小个子男人慢慢地走向他，笨拙地拖着脚向前挪动。他的左脚走在前面，右脚在后面拖着。

"打我啊，"他晃动着脑袋挑衅，"打我试试！"

"我不想打你。"

"那你休想就这么离开。你要打一架才行，明白吗？
过来动动我试试。"

"够了。"尼克说。

"那好，你这浑蛋，那就瞧着吧。"

小个子男人低头看了看尼克的脚。他离开火堆旁时，
黑人就跟在他的身后。黑人看他低下了头，便停住脚，照
他后脑勺上来了一下。他跌倒在地，博格斯把用布包裹
起来的铁棍扔到了草地上。小个子男人躺在那儿，脸贴
着草地。黑人把他抱起来，抱到了篝火旁。他耷拉着脑袋，
眼睛睁着，脸色看起来糟透了。博格斯轻轻地把他放了
下来。

"你能帮我把水桶拎过来吗，亚当斯先生，"他说，"恐
怕我对他下手有点儿重了。"

黑人用手往男人脸上泼了点水，轻轻拉了一下他的耳
朵，他才闭上了眼睛。

博格斯站了起来。

"他没事，"他说，"没什么可担心的。我很抱歉，亚
当斯先生。"

"没关系。"尼克低头看着那个小个子男人。他看见
草地上的铁棍，便拾了起来。它有个灵活的手柄，拿在

手里相当轻巧。手柄是用磨旧的黑色皮子做的，在沉甸甸的尾部用一方手帕包了起来。

"那是鲸骨把儿，"黑人微笑着解释道，"如今，他们不再制作这东西了。我不知道你是否能保护好自己。不管怎么说，我不想你伤害他，或者再让他脸上多几道口子。"

黑人又笑了起来。

"是你自己伤了他。"

"我知道该怎么处理，他什么都不会记得的。当他变成那样时，我必须要做点什么让他停下来。"

尼克依旧盯着那个躺在地上的小个子男人，他的眼睛在火光下闭着。博格斯往火堆里加了几块木头。

"别担心他会做什么，亚当斯先生。他这种样子，我之前见过太多次了。"

"他怎么会突然发疯？"尼克问。

"哦，那原因可多了去了。"黑人在火堆旁说道，"亚当斯先生，想来一杯咖啡吗？"

他把杯子递给尼克，又把昏迷不醒的男人脑袋底下枕着的外套抚平了。

"有一个原因是他挨打的次数太多了。"黑人呷了一口咖啡，"这也是他头脑简单的原因。后来，他的妹妹成了他的经理，报纸经常登载他们的事，说的都是兄妹俩你爱我我爱你的事。之后，他们就在纽约结了婚。这事儿闹出了很多麻烦。"

"我记得有这回事儿。"

"没错儿。当然，他们并不是什么劳什子兄妹。不过有大把人不喜欢他俩，两个人也闹起了矛盾。有一天她离开了，再也没有回来。"

他喝完咖啡，用粉色的手掌擦了一下嘴巴。

"后来，他就疯了。还想再来点儿咖啡吗，亚当斯先生？"

"好的，谢谢。"

"我见过她几次。"黑人接着说，"她是个长相极其迷人的女性，和他简直像双胞胎一样。他要是没被毁容的话，长得也不会这么难看。"

他停了下来。故事看起来像是结束了。

"我在监狱里遇到他。"黑人说，"她走了之后，他一直打人闹事，因此被关了起来。我是因为砍人进去的。"

他笑了笑，用温和的声音继续讲下去。

"我见到他时一下子就喜欢上了他，因此我出狱后也常去看他。他觉得我疯了，但我不在乎。我喜欢和他在一起，喜欢出去见见世面，再也不用盗窃了。我喜欢像个绅士一样生活。"

"你们都做些什么呢？"尼克问。

"哦，没什么，只是到处转转，他有钱。"

"他一定赚了许多钱。"

"是的。不过他花光了自己所有的钱，也可能是他们把他的钱拿光了。现在，她给他寄钱。"

他捅了一下火堆。

"她是个有能力的好女人，"他说，"看上去就像他的双胞胎妹妹。"

黑人看向那个躺在那里、发出沉重的呼吸声的小个子男人，金色的头发垂下来遮住了他的前额，畸形的面孔在熟睡中看起来有种孩子气。

"我随时都可以叫醒他，亚当斯先生。如果你不介意的话，我想你该离开了。我不想表现得那么不友好，但是他醒来看到你的话可能又会犯病。我讨厌拿棍子打他，可是一旦他开始发疯，我只好如此。我不得不想办法让他远离他人，你不会介意吧？你介意吗，亚当斯先生？不，不用谢我，亚当斯先生。我应该提醒你的，但是他看起来似乎喜欢你，我还以为不会有事。你沿着铁路走两英里就到城里了，人们叫它'曼瑟洛纳'。再见了。我真希望我们能请你留下来过夜，但是有点儿不大现实。你愿意带点儿火腿和面包上路吗？不要？你最好带上一块三明治。"黑人的声音低沉柔和，一番话说得极其得体。

"好吧。那么，再见了，亚当斯先生。再见，祝你好运！"

尼克离开篝火，穿过空地，走到了铁轨边。刚走离篝火不远，他听见黑人低沉柔和的说话声，但听不清说什么。接着，他听见小个子男人说："我头疼得厉害，博格斯。"

"一会儿就好了，弗朗西斯先生，"黑人宽慰他说，"喝了这杯热咖啡就好了。"

尼克爬上路堤，顺着铁轨往前走。他发现自己手里还拿着块火腿三明治，便把它放进了口袋里。趁着铁轨还没延伸进山丘之前，他从山坡上回望，还能看见空地上的那片火光。

在他乡

秋天的时候，战争还在打，但我们不再上战场了。米兰的秋天冷飕飕的，天黑得也特别早。电灯亮了起来，沿街看着那些橱窗有一种愉悦感。商店外挂着许多猎物，狐狸的皮毛上落满了雪花，尾巴被寒风吹得直晃荡；鹿被掏空了内脏，冻得僵硬，沉甸甸地挂着；成串的小鸟迎着风摇摇晃晃，羽毛被吹翻了起来。这是个寒冷的秋天，风从群山上呼啸而下。

我们每个下午都去医院。走在黄昏里，好几条不同的路都能穿过城区到达医院。其中，有两条路是沿着河道走的，但是它们有点儿远。不过，你总得从运河的桥上经过才能到医院。这里有三座桥可供选择。在其中的一座桥上，有一个女人在卖烤栗子。站在她的炭火前让人感觉十分温暖，而且烤好的栗子放进口袋里，过一会儿还是暖烘烘的。这座医院年代古老，但很漂亮。进大门后，穿过院子，再从另一个大门出去，就到了我们要去的地方。葬礼通常会在院子里进行。医院的另一边有几座新的砖砌病房，我们每天下午都在那里见面，坐在能治疗疾病的诊疗椅上，彬彬有礼地询问对方的病情。

医生来到我坐的诊疗椅旁，问道："你战前最喜欢做的事是什么呢？你搞体育吗？"

我说："是的，我踢足球。"

"很好，"他说，"你还能踢足球，而且会比以前踢得更好。"

我的膝盖没法弯曲，因为从膝盖到脚踝削了半条腿，没有腿肚子。辅助器械能帮我弯曲膝盖，像蹬自行车那样帮我活动腿。但是，它现在还不能弯曲，一触到膝关节它就会晃动。医生说："这些都会过去的。你是个运气好的年轻人。你还会像个冠军一样再次踢足球的。"

旁边的诊疗椅上坐着一位少校。他的手看起来像婴儿的手，绑在两条皮带之间。皮带忽上忽下地弹起，拍打着他僵硬的手指。医生检查他的手时，他朝我眨了眨眼，说："医生上尉，我也能踢足球吗？"他曾是一位优秀的击剑运动员，在打仗前可是意大利的顶尖选手。

医生走进后屋的办公室，拿出一张照片。照片里展示的是一只萎缩的手，小到几乎和少校的手一样。这是它没有治疗之前的照片，治疗后就变大了一点。少校用他的好手拿着照片，仔细地看着。"枪伤？"他问。

"是工业事故。"医生说。

"很有趣，很有趣。"少校说着，把它还给了医生。

"你有信心了吗？"

"没有。"少校说。

有三个年轻小伙每天都来这里，他们和我年龄一样大。他们三个都来自米兰，其中一个曾经想做律师，一个想当画家，还有一个立志要做士兵。做完器械治疗后，我们有时候会一起结伴同行，到科瓦咖啡馆坐坐。它就在斯卡拉歌剧院①的旁边。我们四个人在一起的时候会走捷径穿过共产党人聚居区。那里的人们憎恨我们，因为我们曾经是军官。在我们经过一家卖酒的店子时，会有人冲我们大喊"打倒军官②"。有个小伙子有时会和我们一道，五个人凑成一伙一起走。他脸上围着一个黑色的丝质手巾，因为他那时没有鼻子，需要做面部整形。他来自一个非常古老的家族，在军校学了点理论，一出来就上了前线，不到一个小时就受了伤。医生们修复了他的

---

① 斯卡拉歌剧院（La Scala）：位于意大利米兰，1778 年 8 月 3 日正式启用。二战中遭到轰炸，战后意大利政府出资重建。

② 此处原文为意大利语。

脸，但他们无论如何也没办法把他的鼻子恢复原样。后来，他去了南美，在一家银行工作。但是，这都是很久前的事了，毕竟我们谁也不知道战后会是什么样子。我们只知道战争还在继续，但是我们再也不用上战场了。

我们都有同样的勋章，除了那位用黑丝巾包着脸的小伙子。他在前线的时间不够长，所以没能得到什么勋章。那个想当律师的高个男孩有一张极其苍白的面庞。他曾是阿迪蒂突击队①的陆军中尉，因此他有三枚勋章，而我们每人只有一枚。他曾有很长一段时间与死亡为伴，因此有点儿超脱。其实，我们都有点儿超脱。除了每天下午在医院相遇，就没有别的什么能让我们聚在一块儿了。不过，在前往科瓦咖啡馆的路上，我们会穿过最令人难堪的街区，在黑暗中经过透出灯光和歌声的酒馆。有时，我们走在挤满男男女女的人群里，不得不推开他们才能前行。这种时候，我们会因为某种类似的遭遇团结在一起。这是那些厌恶我们的人无法理解的。

我们自己都懂得科瓦咖啡馆的妙处。它富丽温暖，不会亮得晃眼，特定的时间里会喧哗热闹，烟雾缭绕，任何时间都会有姑娘坐在桌前，墙面的架子上放着有插图

---

① 阿迪蒂突击队（Arditi）：二战时意大利的一个敢死队。

的报纸。科瓦的姑娘们非常爱国，而且我发现意大利最爱国的人士是咖啡厅里的女孩——我相信她们现在仍然很爱国。

那些小伙子们一开始对我的勋章还颇有尊敬之心，询问我因什么而得到了它。我给他们看了我的嘉奖令，上面堆砌了优美的词句，满眼都是什么"友爱""克己"①之类的词儿。但是，除掉那些形容词，它真正说的勋章授予的原因不过因为我是个美国人而已。在这之后，他们对我的态度就有点儿不一样了，尽管跟外人比，我还是他们的朋友。我仍然是他们的一个朋友，但在他们看过嘉奖令之后，我就再也不是他们中的真正的一员了。因为我和他们的经历不同，他们是做了非同一般的事才得到勋章的。我负过伤，这是事实；但是我们都清楚，这伤说到底不过是个意外。我对此从未觉得受之有愧，但有些时候——等到过了鸡尾酒时间，我会想象自己做了所有他们做过的事，得到了他们所有人的勋章。然而，当我在夜晚迎着冷风穿过空荡荡的街道往回走，所有商铺都关了门，我则努力想离街灯近一点儿的时候，我就知道了，我永远也不会做出那样的事。我惧怕死亡。我夜

---

① 这两个词原为意大利语。

里独自躺在床上时，经常害怕自己会死去，猜想着若我
被送回前线时该如何保命。

那三个有勋章的人就像是猎鹰，我却不是，尽管从未
打过猎的人也可能会视我为猎鹰。他们三个很清楚这一
点，于是我们分道扬镳了。但我仍然和那个第一次上前
线就负了伤的小伙儿是好朋友，因为他现在根本无法知
道自己将会成为什么样的人。所以，他也绝不会被他们
接纳。而我喜欢他是因为他也可能和我一样，不会变成
一只猎鹰。

那位少校曾经是个优秀的击剑手，不相信什么勇敢。
当我们坐在诊疗椅上时，他会花大量时间纠正我的语法。
他曾夸赞过我的意大利口语很流畅，我们说起话来非常轻
松。有一天，我说意大利语对我而言太过容易，我对此
已经兴趣不大了，因为说起来很简单。"啊，不错，"少
校说，"那么，你为什么不钻研一下语法呢？"于是，我
们研究起语法的使用，意大利语很快变成了一门艰涩的
语言。在我的脑子理清楚语法前，我都害怕同他讲话。

少校总是非常准时地来医院，我不记得他有哪天缺席
过，尽管我很确定他并不怎么相信这些诊疗仪器。我们
有一段时间都不怎么相信这些仪器。少校有一天说它们
全是骗人的玩意儿。仪器是新的，我们就是用来实验它

们效果的小白鼠。他说这是个愚蠢的主意，"一种理论而已，和其他的理论没什么两样"。我的语法没学会，他说我是个无可救药的蠢货，而他竟然跟个傻子一样来教我。他是个小个子男人，在椅子上坐得挺直，他的右手伸在仪器里，眼睛直直地盯着墙壁，而仪器上的皮带上下拍打着他的手指。

"战争结束后你会做什么，如果它能结束的话？"他问我，"按语法规则说话。"

"我会回美国。"

"你结婚了吗？"

"没有，不过我想结婚。"

"说这话让你更蠢了。"他看起来似乎很生气，"男人就不应该结婚。"

"为什么，少校先生？"

"别叫我少校先生。"

"为什么男人不应该结婚？"

"不能结婚，就是不能结婚。"他怒气冲冲地说，"如果结婚了，就会失去所有的一切。男人不该让自己处在一个一无所有的境地。不能把自己放在那样一个失去一切的地步。他应当去寻找他无法失去的东西。"

他的声音愤怒而痛苦，说话时直勾勾地瞪着前面。

"但是，为什么一定会失去呢？"

"就是会失去。"少校说。他的眼睛看着墙壁。接着他低下头，将目光挪到仪器上，猛地一下，把他的小手从皮带里拔出来，狠狠地拍打了几下大腿。"会失去的，"他几乎在吼了，"别跟我争执！"接着，他呼叫操作仪器的护理员。

"过来给我把那该死的玩意儿关了。"

他回到另一个房间去做光疗和按摩。接着，我听见他问医生是否可以借用一下他的电话，还关上了门。等他回来这里时，我正坐在另一个诊疗椅上。他披着斗篷，戴着帽子，径直来到我的仪器前，把手搭在我肩上。

"我真的很抱歉，"他说，用那只好手在我肩上拍了两下，"我不该那么粗鲁。我妻子刚过世。请你务必要原谅我。"

"哦——"我为他感到难过，"请你节哀。"

他站在那儿咬着下嘴唇。"这太困难了，"他说，"我没法镇定下来。"

他越过我直直地看着窗外，然后哭了起来。"我完全控制不住自己。"他抽噎着说。他哭出声来，仰着头，目光空洞，脸颊上挂满泪水，紧咬着嘴唇，带着军人的姿态笔直地走过那些治疗仪器，从门口出去了。

医生告诉我说，少校的妻子非常年轻，他是负伤退下战场后才同她结婚的。她死于肺炎，只是病了几天，没人料到她因此而去世。少校连着三天都没有来医院。之后，他还是准点儿来了，制服的袖子上围了一圈儿黑纱。他回来时，诊疗室的墙上挂满了用大画框装裱起来的照片，都是用诊疗椅治疗伤残的前后对比。在少校使用的诊疗椅前有三张照片，展示的是和少校伤情一样的手经过治疗后康复的情形。我不知道医生从哪里搞来的这些东西。我一直以为我们是第一批使用这些仪器的人。这些照片对少校来说并没什么触动，因为他的双眼只顾盯着窗外看。

一番关于亡者的博物学讨论

　　在我看来，战争一直未被当作博物学家观察的领域是件憾事。我们有对巴塔哥尼亚①的动植物群迷人而翔实的描述，它们出自已故的威廉·亨利·哈德孙②之手。吉尔伯特·怀特③牧师饶有趣味地写下了戴胜鸟偶然造访塞尔伯恩村④的记录。斯坦利⑤主教为我们留下了通俗却充满价值的《鸟类驯化史》。那么，难道我们不能期冀给读者提供一些有关亡者的合理有趣的事实吗？我希望能够做到。

　　那位名叫芒戈·派克⑥的坚忍旅行家曾一度昏倒在漫

---

① 巴塔哥尼亚（Patagonia）：位于南美，主要在阿根廷境内，小部分属于智利。

② 威廉·亨利·哈德孙（W.H.Hudson，1841—1922）：英国博物学家。

③ 吉尔伯特·怀特（Gibert White，1740—1793）：英国博物学家。

④ 塞尔伯恩村（Selborne）：英国伦敦的一个偏僻村落，因吉尔伯特的《塞尔伯恩博物志》一书而出名。

⑤ 斯坦利（Edward Stanley，1779—1849）：英国教士，博物学家。

⑥ 芒戈·派克（Mungo Park，1771—1806）：苏格兰探险家，以考察非洲而闻名。

无边际的非洲沙漠里，赤身裸体、形单影只。就在他觉得日子已屈指可数、除了躺下等死似乎已无事好做的时候，有一朵美丽异常的苔藓小花出现在他的眼前。"尽管整株植物还没有我的一根手指大，"他说，"我凝视着它，不得不叹服根叶花荚的精妙构造。这株花是如此渺小，可上帝会在这世界上的荒隅之处撒下它的种子，为它浇水，使它绽放。难道说上帝会对仿照自己形象所创造的生灵的困境和苦难会视若无睹？当然不会。一想到这里，我的绝望就消失了。我行动起来，无视饥饿和疲惫，继续自己的旅程。我深信曙光就在眼前。我没有失望。"①

正如斯坦利主教所言，用这种赞叹和崇敬的态度研究博物学的任何一种学科都能增强研究者的信心、爱心和希望。这些信心、爱心和希望正是我们每一个人在走过人生的荒野途中时所需要的。因此，让我们看看能从亡者身上找到什么灵感吧。

在战争中，死亡最多的通常是人类中的男性，但这对畜类而言并不准确。我在马的尸堆中经常见到母马。战争中有意思的一面是只有博物学家才有机会观察骡子。在二十年平民生活的观察中，我从未看见过一头骡子的

---

① 此段话引自芒戈的《非洲腹地旅行记》（*Travels in the Interior of Africa*）。

尸体，以至于我开始怀疑这些动物是否真的会死亡。在几次偶然的情况下，我以为我看见了死去的骡子，但是凑近一瞧，却发现它们活得好好的，只是它们睡觉时太过安静，仿佛死了一般。但是，这些动物在战争中却和那些普通且更不耐劳的马一样成群地死去。

我见过的大多数死骡子都是在山路那一带，或者躺在陡峭的斜坡底下。它们是被推下公路的，因为尸体挡了道儿。它们和山里的景象放在一起并不突兀，毕竟死骡子看得多了，也看顺眼了，比后来在士麦那①看到的景象更协调些。在士麦那，希腊人会把所有驮物用的动物的腿全部打折，把它们从码头推到浅水中淹死。那些淹死在浅水中的断腿骡子和马匹需得一位戈雅②才描画得出。不过说真的，也用不上一个戈雅，因为只有一位戈雅，还去世很久了；而且即使这些牲口能说话，会不会让别人用画笔来描画它们的残肢败躯还值得怀疑呢。与此相比，我倒觉得它们会更愿意要求人们减轻它们的痛苦。

说到死者的性别，人们见惯了死者是男人，一旦看到死去的女性就会十分震惊。我第一次见到这种死者性别颠倒的状况是在意大利米兰附近的一家军工厂爆炸之后。

---

① 士麦那（Smyrna）：土耳其的一个港口城市。

② 戈雅（Goya，1746—1828）：西班牙画家，其版画《战争的凶残》十分有名。

我们坐着卡车，一路沿着有白杨树树荫的公路开往事故现场。公路两边的沟渠里有不少微小生物，但我无法仔细观察清楚，因为卡车行进时扬起的灰尘遮天蔽日。到了原本是军工厂的地方后，我们几个人被派去在那些不知什么原因没有爆炸的大堆军火的四周巡逻，其他人被派去扑灭蔓延到附近草地上的大火；任务结束后，我们受命在附近地区和周围的田野中搜寻尸体。

我们找到了大批尸体，把他们抬回了临时搭建的停尸处。说真的，我必须承认这个发现让我十分震惊，因为女性尸体要比男性的多。在那个时候，女性还不像几年后的欧美女人一样流行剪短发，最令人不安的事就在于此，可能是因为看到死者留着长发令人不习惯吧。然而，更令人不安的是，死者中偶尔会有不留长发的人。我记得在我们彻底搜寻完整的尸体后，又开始搜集残骸。许多残骸都是从围着军工厂的铁丝网上取下来的。这些带钩刺的铁丝网把军工厂围得如铁桶一般。有一些是在军工厂残余建筑上取下来的，我们捡到这么多肢体残骸，不过证明了烈性炸药的巨大威力而已。我们在远处的田野中也找到了许多断骸，它们都是被自身的重力抛出那么远的。

在返回米兰的途中，我记得我们当中有一两个人在讨

149

论这件事，都认同事故性质不现实——事故中竟没有受伤的人。事实上，这在很大程度上消除了灾难的恐怖性，要不这场灾难会更加恐怖。另外，这场事故发生得猝不及防，人都死了，搬运和处理死者的不愉快降到了最低，这和通常战场上的经历完全不同。车子开过美丽的伦巴第乡村，虽然尘土飞扬，但还算愉快，也是对我们执行这次不愉快任务的补偿。在返回的途中，我们交换感受时一致认为这场突如其来的大火能在我们赶到前迅速被控制真是太幸运了，还好没有波及那些看起来堆积如山的未爆炸的军火。我们还一致认为搜集残骸是件不同寻常的事。令人惊奇的是，剧烈的爆炸竟然会如此违背解剖学原理，让人的身体随着弹片被撕碎，而不是炸成有结构的尸块。

为了提高观察的准确性，一个博物学家可能会把自己设定在一个有限的观察阶段。我把第一阶段放在 1918 年的 6 月，那是奥地利进攻意大利之后的时段。这一时期死亡人数极大。意大利军队被迫撤退，后来又大举进攻，收复失地。因此，除了死者的样貌，战后的局面同战前也没什么两样。死者在下葬前，每天多多少少都会有所变化。高加索人种的尸体会从白色变成黄色，再变成黄绿色，最后发黑。如果在暑热下停放过久，尸体就会变成煤焦油一样的颜色，尤其是当尸体上有伤口或裂口时，上面就会有相当明显的焦油状的虹彩。尸体每天都会不断胀大，直到某刻它们胀得将军服绷到仿佛要爆开一样。个别人的尸体的腰围会胀到难以置信的程度，脸部胀得紧绷绷的，圆得跟气球似的。令人惊讶的是，除了他们的尸体逐渐鼓胀起来，死者周围还散落了大量的纸片。在被埋葬之前，死者最终的姿势取决于军服上口袋的位置。在奥地利军队中，这些口袋都缝在军裤后面。过不了多久，所有尸体都会被脸朝下放置，臀部的两个口袋被翻出来，裤兜里装着的所有的纸片都散落在草丛中。暑热、苍蝇、草地上尸体特定的姿势，还有四处散落的纸片，都能给人留下深刻的印象。在炎热的天气里，战场上的气味难以回想。你可能还记得那里有这种气味，但是再没有其他什么东西能让你想起它来。这股气味不像军团的气味，当你乘坐有轨电车时会突然闻到，你会四处张望，看见把这股气味带给你的那个人。它就像你初沐爱河时的感觉一样，消失得无影无踪。你能记得发生过的事情，但那份感觉却再也寻不回来了。

　　不知道那位顽强的旅行家——芒戈·派克，在暑热的战场上会看见什么让他信心恢复的景象。六月底和七月中，麦田里总是会出现罂粟花。桑树枝叶繁茂，阳光穿过树叶的屏障照在枪管上，枪管上冒着的热气清晰可见。被芥子毒气弹炸出的弹坑边缘变成明亮的黄色。一般的破屋子都比被炮轰过的房子要好一些。很少有旅行者会美美地吸上一口那个初夏的空气，也不会像芒戈·派克一样有那种上帝依据自己造人的想法。

你看到死者后的第一感觉就是惨，因为他们死得如畜生一般。有的人因为受了点轻伤就死了，这种程度的伤放在兔子身上都不会送命，可他们却因这点小伤丢了命，就像兔子有时被三四枚似乎连皮肤都擦不破的小霰弹送了命一样。也有一些人死得像猫，他们的头骨被打穿，铁片被打进脑子里，像猫一样还躺着活了两天。头上挨了枪子儿的猫会爬进煤箱，蜷缩起来，它们得被人割下头之后才会死。也许猫那时还不会死，据说它们有九条命，这我就不清楚了。我只知道许多人死得像畜生一样，而不像人。我从来没有见过所谓的自然死亡，所以我将这一切归咎于战争。就像坚持不懈的旅行者芒戈·派克知道这世上还存在其他情况一样，我也知道会有新的情况出现。后来，我看到了一件。

除了还不算太坏的失血过多死亡，我见过的唯一一件自然死亡是西班牙流感造成的。这种病会让人溺在黏液中，窒息而亡。你知道染上它的病人会如何死去：尽管他用尽全身之力，到最后不过又回归成了小孩子，人死了，被单却像所有婴儿的尿布一样湿透，黄色的尿液一下子流下来，淌得到处都是。所以，现在我想见识一番任何自诩为人文主义者的死亡，因为一个像芒戈·派克那样坚毅的旅行者，或像是我，活着就是为了看这派文人的真正死亡，看他们如何优雅辞世，我们以此为生并以此为目的。我作为一个博物学家，不禁沉思，虽然讲究体面是一件很了不起的事，但如果要繁衍生息的话，必定有些事是不得体的，因为繁衍的姿势就是不得体的，毫无端庄可言；我又想到可能有些人是，或者曾经是不失体面地同居生下的孩子。先不管他们是如何出生的，我希望能看到一小撮人的结局，推测寄生虫如何解决那个长期保留的不育问题，因为他们那流传下来的奇特小册子已毫无用处，他们的一切肉欲也不过成了人生的脚注。

在有关亡者的博物学探讨中，言语中牵扯到这些自封的公民也许是无可厚非的，尽管在这篇文章发表的时候这种封号可能毫无意义，而且对其他死者是不公正的。他们年纪轻轻就死去，没有任何选择。他们并未拥有过属于自己的杂志，我怀疑他们中许多人甚至都没读过一篇文章。这些人在炎热的天气里死去，半品脱的蛆虫在他们嘴巴上蠕动。当然，并非所有人都在暑热天死去，雨天也很常见。他们躺在地面上的时候，雨水把他们冲刷干净。当他们被埋葬地下的时候，雨水会让泥土变得湿软。有时，雨不停地下，泥土变成了泥浆，尸体被冲出来，你不得不再次埋葬他们。或者，在冬天的山里，你得把他们葬在雪中，当春天来临，积雪化尽，其他人就要重新掩埋尸体。他们在山上有漂亮的坟地。群山间的战争是所有战争中最美丽的。有一回，在一个叫波科尔的地方，他们埋葬了一位被狙击手打中头部的将军。这就是那些作家的错误之处，他们写的书名字叫《将军死在床上》，可是将军却死在高山上落雪的战壕中，戴着一顶插着鹰翎的登山帽。他头上正面的弹孔小到不容一根小手指插进去，而后面的窟窿大到你可以把拳头放进去——如果你想放进去，拳头还够小的话——血流了一雪地。他是个极好的将军。在卡波雷托战役 ① 中指挥巴伐利亚阿尔卑斯军团的冯·贝尔将军就是这么一位好将军。他乘坐参谋的汽车先于他的部队前往乌迪内 ②，被意大利后卫部队打死了。如果我们要在这类事上讲究精确性的话，那么这类书的名字应该改为《将军通常死在床上》。

① 卡波雷托战役（Battle of Caporetto）：第一次世界大战期间，德奥联军在卡波雷托地区与意大利第 2 集团军、第 3 集团军进行的一次战役。
② 乌迪内（Udine）：意大利城市名。

在山里，急救站设在靠山的隐蔽处，以防遭受炮轰，有的时候雪会落在急救站外面的死者身上。他们抬着死者走到山腰上挖的洞穴那儿，那些洞是在土地被冻实前挖好的。就在这个洞穴中，一个男人的脑袋破得像个被摔烂的花盆，尽管它被薄膜裹在一起，还绑了现在已经发硬的湿乎乎的绷带，但他的脑组织还是被一片扎进脑子里的碎钢片破坏了。他躺了一天一夜，又躺了一个白天。担架手叫医生进去瞧瞧他，他们每次去都能看见他，就算不看他，也能听看他的呼吸声。医生的眼睛通红，眼皮肿胀，被催泪瓦斯熏得几乎睁不开眼。他看了那个男人两次，一次是在白天，一次打着手电筒。我的意思是：用手电筒照到他的那副样子或许能让戈雅创作出一幅好版画来。第二次看过他后，医生相信了担架手说的话，他们说这位士兵还活着。

"你们要我怎么处理他？"医生问。

他们想不出什么办法来。过了一会儿，他们请求把他抬出去和重伤员安置在一处。

"不，不，不行！"医生边说边忙活着，"怎么回事儿？你们怕他？"

"我们不想在死人待的洞里听见他的声音。"

"那就别听。如果你们现在把他抬出去，回头还得把他抬进来。"

"我们不在乎这个，上尉医生。"

"不行，"医生说，"不行。你们没听见我说'不行'吗？"

"你为什么不给他打一剂过量的吗啡？"一位炮兵军官问，他正等着包扎手臂上的伤。

"你以为我的吗啡就只用在这上头？你想要我不用吗啡就动手术吗？你有手枪，出去打死他好了。"

"他已经挨过枪子了。"军官说，"如果是哪个医生中了枪，你的态度就不一样了。"

"十分感谢，"医生在空中挥着一把镊子，"我谢你一千遍。这眼睛怎么样了？"他用镊子指着自己的双眼，"你觉得它们怎么样？"

"催泪瓦斯。如果只是催泪瓦斯，我们管这叫幸运。"

"因为你离开了前线，"医生说，"因为你跑到这儿来清除你眼睛里的催泪瓦斯。其实，你就是把洋葱揉你眼睛里了。"

"你脑子坏了。我不在意你的侮辱，你疯了。"

担架手走了进来。

"上尉医生。"其中一个说道。

"滚出去！"医生说。

他们出去了。

"我会打死那个可怜的同伴，"炮兵军官说，"我是个有人道精神的人，我不会让他受罪的。"

"那就打死他，"医生说，"打死他，承担你的责任。我会写份报告：伤员在急救站被炮兵中尉开枪打死。打死他啊，去打啊。"

"你就不是个人。"

"我的责任是治疗伤员，不是杀了他们。杀人是炮兵团的绅士们干的事儿。"

"那你为什么不治疗他？"

"我治疗过了。我已经做了所有我能做的。"

"你为什么不用缆车把他送到山下去？"

"你是什么东西，凭什么质问我？你是我的上级吗？你是这个急救站的指挥吗？请客气地回答我。"

那位炮兵中尉什么都没说。这间屋子里都是士兵，没有其他军官在场。

"回答我，"医生拿着一个夹了针的镊子说道，"给我答复。"

"×你。"炮兵军官说。

"好，"医生说，"好，这就是你说的。很好，很好，我们走着瞧。"

炮兵中尉站了起来走到他跟前。

"×你，"他说，"×你，×你妈，×你妹……"

医生把盛满碘酒的盘子扔到了他脸上。中尉睁不开眼睛，一边掏枪一面朝医生走来。医生很快溜到他身后，绊了他一跤，等他摔倒在地，踢了他几脚，用戴橡胶手套的那只手捡起了枪。中尉坐在地上，用一只好手捂着眼睛。

"我要杀了你！"他说，"等我一看得见就杀了你。"

"我才是头儿。"医生说，"你要能明白我才是这里说了算的，我就原谅你。我拿着你的枪，你杀不了我。中士！副官！副官！"

"副官在缆车那儿。"中士说。

"用酒精和清水把这位军官的眼睛洗了。他眼睛里沾上了碘酒。给我一个盆子，我要洗洗手。我下一个就看这位军官。"

"你别碰我。"

"紧紧地抓住他。他有些精神错乱了。"

一位担架手进来了。

"上尉医生。"

"你想要什么？"

"那个停尸洞里的——"

"滚出去。"

"死了，上尉医生。我以为你听了会高兴呢。"

"瞧见了，我可怜的中尉？我们白白争执了一通。在战争期间白折腾了一场。"

"×你——"炮兵中尉说，他依然看不见，"你把我弄瞎了。"

"这没什么，"医生说，"你的眼睛会好好的。没什么大不了的。白白争了一回。"

"哎哟！哎哟！哎哟！"中尉突然尖叫起来，"你把我弄瞎了！你把我弄瞎了！"

"紧紧抓住他，"医生说，"他痛得有些厉害。要紧紧抓牢他。"

一个非洲故事

　　他正等着月亮升起来，手不住地抚摸着基博，叫它不要出声，他能感觉到狗毛在掌下竖了起来。他俩敛声屏气地观察着周围，仔细听着动静。随着月亮的升高，一人一狗的影子投在了地面上。他用胳膊圈住狗脖子搂着它，察觉到它在不停地颤抖。夜里所有的声音都息止了，静悄悄一片。他们听不到大象的声音，直到那只狗转过脑袋，贴着戴维一副战战兢兢的样子，他才看见了大象的踪影。一头大象的身影遮住了他们，缓慢而悄无声息地从他们身边走过。从山上吹下阵阵微风，混杂着大象的气味扑入他们的鼻息，那是股很浓的陈腐、酸臭、刺鼻的气味。它从他们跟前经过时，戴维才看到它左边的象牙极长，看起来都要碰到地面了。

　　他们等了半晌，再没有其他大象经过，戴维便和那只猎狗乘着月光拔腿向那头大象跑去。狗紧紧跟在他身后，戴维刹住脚步，那只狗一鼻子怼到他的膝弯里。

戴维决定要再去看看那头公象，于是他们追着它跑到了森林的边缘处。它正在夜风的轻抚下缓缓走向大山。戴维凑近了观察它。那庞大的身影又一次遮住了月光，陈腐酸臭味扑鼻而来，但是看不见它右边的象牙。他不敢带着狗再往前靠近，因此顺着风带它往后撤，让狗卧在一棵树的树根下，试着让它明白他的意思。他以为狗会好好待在那儿，它确实也没动，可当戴维再起身追赶大象时，湿乎乎的狗鼻子又蹭在他膝盖弯上了。

他们俩一直跟着大象，直到它来到一片林中空地上。它停在那儿摆动着那双巨大的耳朵，月光打在它的头上，而它的身躯则陷在黑影之中。戴维在身后摸索着用手轻轻把狗的嘴巴合上，顺着夜风的方向屏住声息悄悄走到大象的右侧。他擦风而过，感觉到微风拂过脸颊。在能看到大象的头颅和慢慢甩动的大耳朵时，他决不能让这头象察觉到他的气息。右边的那根象牙有他自己的大腿那么粗，弯曲下来，几乎能触到地面。

他和基博退了回来。这时，风吹过他的脖子。他们由原路退出森林，来到了空旷的野地里。狗这会儿跑到了他的前头，停在扔在小路旁的两支猎矛跟前，那是他们跟踪大象时戴维丢在那儿的。他连同猎矛上的皮圈皮套一起甩到肩上，手里拿着他从不离身的最好的长矛，沿着小路往营地走去。月亮已经高高挂了起来，周围静悄悄的，他很疑惑为什么营地那儿没有传来鼓声。如果他父亲在那儿却没有鼓声的话，事情就有些蹊跷了。

他们再次寻到大象的踪迹时，戴维已经觉得身体非常疲倦。

一直以来，他都比那两个大人要精力充足，也更身强体壮。他不耐烦他们那种慢慢腾腾的追踪，对他父亲每小时歇一次的规定也觉得多此一举。他本可以在前头行动，速度比他的父亲和朱玛要快得多。但当他开始觉得累的时候，他们的行动却一如往常。等到了中午，他们也只是按规定休息了五分钟。他看见朱玛的速度还更快了些。可能他并没有加快速度，搞不好只是看起来快了点儿。此时，他们看见的象粪已经比以前新鲜多了，虽然摸上去还是没有热气。经过最后一摊象粪之后，朱玛把枪交给他，让他背着。可是一个钟头后，朱玛看了看疲惫的他，又把枪要了回去。他们一直稳健地往山上爬，可是这时大象的踪迹却顺着山坡下去了。从森林的豁口处可以望见地势突兀不平的原野。"接下来路就不好走了，戴维。"他的父亲说。

那时，他才意识到：其实在他领着他们找到大象的踪迹时，他就应该被打发回营地了。朱玛早就知道该这样做，而父亲方才也反应了过来，但事已至此，也不能赶他回去了。这是他所犯下的另一个错误，可现在除了赌赌运气也没别的办法了。

戴维看着地上大象踩过的扁平而巨大的脚印，其所经之处凤尾草倒了一片，一株断了茎的草快要枯死。朱玛把它捡了起来，望了望太阳，把枯草递给了戴维的父亲，他的父亲捏在手指尖上转了转。戴维注意到它上面开着的白花已经蔫了，不过在曝晒下还没有干枯，没有凋零。

"快赶上那杂种了，"他的父亲说，"我们快走吧。"

下午快要临近傍晚的时候，他们还在那片坑洼的原野上行走。他已经困倦了好一阵子了。他看着那两个大人，终于意识到疲倦才是他真正要对付的大敌。他努力跟上他们的脚步，尽量不掉队，竭力摆脱纠缠他的睡意。两个大人轮流换班，每小时换一次，第二个换班的会在规定的休息时间内折回来看看他有没有跟上。晚上的时候，他们在森林寻了块干燥的地方扎了营，他倒头就睡。他被一阵轻抚弄醒，睁开眼睛时看见朱玛拿着他的莫卡辛鞋[①]，摸着他的光脚看有没有长水泡。他睡着后，父亲给

---

① 莫卡辛鞋（moccasins）：一种北美印第安人穿的无后跟软皮平底鞋。

他盖上了外套，此时他手里拿着一块冷掉的熟肉和两块
饼干坐在他旁边。见他醒过来，父亲递给了他一壶冷茶。

"大象也得吃东西，戴维。"父亲说，"你的脚没事，
跟朱玛的脚一样结实。慢慢吃了这些东西，喝点茶，再
睡上一觉。我们俩好着呢，不用担心。"

"对不起，我实在太困了。"

"你和基博昨晚追着大象跑了一夜，怎么会不困呢？
如果还想要的话就再多吃点肉。"

"我不饿。"

"好吧。我们坚持三天应该没问题，明天又得去找水
源了。山里头的水源多着呢。"

"大象往哪儿走了？"

"朱玛认为他知道。"

"我们失败了吗？"

"还没那么糟糕，戴维。"

"我需要再睡一会儿，"戴维说，"不用盖你的外
套了。"

"我和朱玛有办法的，"他的父亲说，"我睡觉从来不
怕冷，你知道的。"

还没等和他的父亲说晚安，戴维就睡着了。他夜间醒
了一次。月光照在他脸上，让他想起了那头大象站在林

中扑扇耳朵的情形，由于象牙过于沉重，它的脑袋都垂了下来。夜里想起此景让他心里有一种空旷落寞的感觉，他想起自己半夜饿着肚子醒了，便以为是这原因造成的。在之后的三天，他才发现其实并不是那么回事儿。

第二天的情况糟透了，因为远不到中午，他就发现大人和小孩的区别并不仅仅在于睡多少觉上。开头的三个小时，他还活力满满，比两个大人都强。他还向朱玛要那支点303口径的猎枪来背，但朱玛却摇摇头没答应，绷着脸没一点儿笑容。他一直是戴维的好朋友，还教戴维怎么打猎。他昨天还让我背枪了，戴维心想，而且我今天可比昨天精神多了。他的精神是好多了，但是到了十点，他就明白了，今天仍旧是糟糕的一天，会比昨天还惨。

对他来说，要跟上父亲的脚步简直像让他跟父亲打架一样蠢。他也同样明白这不仅仅因为他们是大人而已，他们还是训练有素的猎人。现在，他终于懂得为什么朱玛不苟言笑了。他们了解大象的所有举动，遇见大象留下的线索都无须说话，彼此一经示意就都能了然于胸。当踪迹难以辨寻时，他的父亲也总是听从朱玛的意见。当他们在条小溪跟前停下来装水的时候，他的父亲说："能维持今天的用水就够了，戴维。"当他们走出坎坷不平的原野，爬往树林茂密的山坡时，那头大象的踪迹转向了右边，汇入一条古老的象迹。他看见他的父亲和朱玛在一起商量。当他走向他们时，朱玛回头望了望来路，眺望着远处旱地原野那边如孤岛般的小山，似乎是想以地平线处的三座青峰为据来目测这一处的方位。

"朱玛知道它去哪儿了，"他的父亲解释说，"他之前以为他知道，但是大象在这儿下来兜了个圈儿。"他回头看了看他们花了一天时间才走出来的原野。"前头的路就好走了，不过我们还是得爬山。"

他们爬到天黑才找了块干燥的地方安扎营地。太阳落山前，一小群鹧鸪纷纷闹闹地从路上横穿过去，戴维用弹弓打到了两只。它们一个个胖墩墩的，在旧象迹那里一摇三晃地走着，扬起一地尘土。一只鹧鸪被石子打中背部时，扑棱着翅膀，跌跌撞撞的，另一只鹧鸪赶忙上前来救。戴维又装上一颗石子，一拉弹弓，正中第二只鹧鸪的肋骨。他过去拾捡打中的鹧鸪时，其他的都四散逃开了。这次，朱玛回过头，露出了微笑。戴维把两只鹧鸪一起捡了起来。它们摸着暖乎乎的，羽毛平整，长得也肥。他用刀把儿对着鹧鸪的脑袋打了一下，将它们砸晕过去。

到达他们扎营过夜的地方时，他的父亲说："我还没见过这么肥的鹧鸪。你一下就打中了两只，干得不错。"

朱玛把两只鹧鸪穿在一根树枝上，架在一小堆炭火上烤。他的父亲用酒瓶的瓶盖喝着掺水的威士忌，两人躺在地上看朱玛烤鹧鸪。烤好后，朱玛给他爷俩一人一份儿带着心的胸脯肉，自己吃脖子、脊背和腿。

"你让我们境况好多了，戴维。"父亲说，"这样，我们的口粮就充裕多了。"

"我们离大象还有多远？"戴维问。

"很近了，"父亲说，"这还要看月亮出来以后它还会不会走动。今天晚上月亮出来要比昨天晚一个小时，比你发现它的那天要晚两个小时。"

"朱玛怎么知道大象去哪儿？"

"他就在离这儿不远的地方打伤过它，还打死了它的'手下'①。"

"什么时候？"

"他说是在五年前。可能就是个胡诌的时间。他说你那时还是个托托②。"

"那头象那时候就独来独往的吗？"

"他是这样说的。他没有再见过这头大象，只听别人

---

① 手下（Askari）：原意为殖民主义统治下的非洲土著民兵。
② 托托（Toto）：小孩子的意思，源自斯瓦希里语。

说起过它。"

"他说这头象有多大？"

"那象牙就快两百磅了吧。它比我见过的象都要大。他说还有一只比这头象还要大的家伙，也常在这附近出没。"

"我要去睡觉了，"戴维说，"希望我明天能精神好一点。"

"你今天表现得很出色，"父亲说，"我为你骄傲。朱玛也是。"

半夜，他在月色中醒来，不由得胡思乱想起来，他确信他们只是嘴上说说感到骄傲罢了，当然，除了他打死的那两只鹧鸪。他那天晚上发现了大象，一路跟着它，看见两只象牙都还在，便回来找两个大人，把他们领到了大象留下踪迹的地方。戴维知道他们也为此事而对他感到骄傲，但是这要命的追踪一旦开始，他就派不上什么用场了，搞不好还会搅黄了他们的狩猎，就像他那天夜里靠近大象时基博跟在后头差点坏事儿一样。他们肯定会后悔为什么当初时间充裕的时候没把他打发回去。那头象的象牙每根都重达两百磅。自从那象牙长到超乎常规的时候，它就不断遭到捕杀，现如今他们三个要捕猎它也是为了那两根象牙。

　　戴维很确信他们这次一定能杀了这头象，因为他自己终于撑过了这一天。在中午快要坚持不住的时候，他依然咬牙跟上了步伐，因此他们可能是在为这件事而对他感到自豪呢。但是，他并没为这次狩猎帮上什么忙，而且要是没有他的话，他们早就追远了。白天的时候他一直在想，要是没有说出那头大象的踪迹该多好。他记得自己下午的时候还希望从没碰见过那头大象呢。在月光下醒来后，他又觉得之前的那些想法并非出自真心。

　　第二天早上，他们寻着大象的踪迹走上了旧的象迹，那是森林中一条被踩得很结实的路。看上去自从火山熔岩冷却、树木长得茂密高大后，大象就常年从这里经过了。

　　朱玛自信满满，他们行进的速度飞快。他的父亲和朱玛看起来都非常相信他们的判断，路也十分好走，因此在他们穿过树影斑驳的森林时，朱玛还把那支点303口径的枪交给他背了。后来，他们在几个冒着热气儿的新鲜粪堆和大圆脚印中丢了线索，那些都是从左边林子里出来的象群经过时留下的。朱玛一见这情形，气哄哄地从戴维手里拿过点303口径的手枪。到了下午，他们才找到象群，悄悄地接近它们，从树木的缝隙间能看见它们灰色的庞大身躯、扑扇甩动的耳朵和舒来卷去的长鼻子，听见树枝被象鼻咔嚓撅折的声音，还有大象肚子里的咕噜声和粪便落下的沉闷声。

后来，他们终于找到了那头年老公象的踪迹，它的足迹转到了一条狭窄的象路上。朱玛看着戴维的父亲咧嘴一笑，露出一口黄牙，他的父亲也冲他点了点头。两人看起来像是有什么不可见人的秘密似的，一如那天晚上他在营地找到他们时所看到的表情一样。

没过多久，他们就揭开了谜底。秘密就藏在右边的树林里，那头老公象的足迹一直延伸进了林子。那是个和戴维齐胸高的大象头骨，因日晒雨淋已经泛了白。头骨前额处陷下去一个深坑，鼻梁两旁是两个空洞的白色眼窝，原本是象牙的地方已经被挖空了，剩了两个有凿痕的窟窿留在那儿。

朱玛指着他们追踪的那头大象曾经站立的地方——那头大象曾伫立在那儿，低头看着那具头骨，用长鼻子把它从原处挪开了一点，移到了现在的位置上，长象牙留在地面上的划痕就在头骨的旁边。他还让戴维看白色头骨前额的一个弹坑以及耳骨旁四个连在了一起的弹坑。他咧嘴冲戴维笑了笑，又对他的父亲笑了笑，从自己的口袋里取出一颗点 303 口径的子弹，和头骨额前的弹坑大小正好相符。

"这就是朱玛打伤那头大公象的地方，"他的父亲说，

"这是那头大象的部下。是它的朋友，真的。因为那头象也是个大家伙。它冲过来，朱玛一枪干倒了它，又在耳朵旁开了几枪让它毙了命。"

朱玛指给他们看满地的碎骨，跟他们说那头公象是如何在一片碎骨中徘徊的。朱玛和戴维的父亲对他们的这一发现十分开心。

"你觉得它和它的朋友在一起多久了呢？"戴维问他的父亲。

"这我就不清楚了。"他的父亲说，"你问问朱玛。"

"还是你问他吧。"

他的父亲和朱玛在一起聊了几句，朱玛看着戴维大笑了起来。

"它可能比你的年龄还多四五倍呢。"父亲告诉他，"他不知道，也不在意这事儿。"

我在意，戴维心想。我在月光下看见它独自徘徊，孤零零的。我有基博，基博也有我这个朋友。这头公象没做任何伤害人的事，而我们现在却追到它悼念朋友的地方场，还要追杀它，这是我的错，我透露了它的踪迹。

就在这会儿，朱玛已经找到了踪迹，对父亲做了个手势，他们就又上路了。

我的父亲不用靠猎杀大象来生活，戴维想。如果我没

有看见那头大象的话，朱玛就不会找到它。他曾碰到过
这头象，但是他却打伤了它，还杀了它的朋友。是基博
和我发现了它，但我真不该告诉他们这事儿，我应该保
守这个秘密，任凭他们在酒馆里喝得酩酊大醉。朱玛当
时醉到我们都叫不醒他了。以后，我会把所有秘密都埋
在心里，再也不会告诉他们任何事。如果他们打死了它，
在拿了卖象牙分的钱后，朱玛不是全拿来买酒喝，就是
再给自己娶个老婆。

　　他的父亲等着他跟上来，轻声对他说："它就在这里
休息，不再像之前一样游荡了，我们随时都能赶上它。"

　　"去他×的吧，猎什么象。"戴维小声嘟囔了一句。

　　"你说什么？"他的父亲问。

　　"猎他×的大象。"戴维低声说。

　　"你小心点儿，别他×搞砸了。"他的父亲瞪着他说。

　　都是一路货，戴维心想。他不蠢，他现在什么都知道
了，而且他的父亲再也不会信任他了。这倒不错，我也
不想叫他信任，因为我再也不会对他说什么了，也不会
对任何人说什么了，再也不会了。永远都不会了。

　　早上的时候，他又来到了远处的山坡上。那头大象不
再像从前似的长途跋涉，而是漫无目的地游荡，时不时
地吃点儿东西。戴维知道他们在靠近它。

　　他试图让自己忆起对大象的感受，虽不无情，但也不至于说是爱。他得记住这种感觉。他只是因自己的疲惫而理解了老去一事，继而产生了悲伤。正是因为自己的年幼，他才能体会到年老的悲凉。

　　他想念基博。一想到朱玛杀了那头大象的朋友，他就对朱玛生出了厌恶感，对大象倒有了一股同胞之情。那天在月光下看到那头大象，跟踪它，在空地上接近它，看清了它的两根长牙的情景，对他的影响非常大。但是，他不知道再也不会有那样美好的景象出现了。他现在知道他们要杀了那头大象，而他对此却无能为力。他在回营地告诉他们的时候就背叛了大象。如果我和基博有象牙的话，他们也会杀了我们的，他这样想着。然而，他心里清楚，这不过是不现实的幻想而已。

　　那头大象可能要去寻找它出生的地方，他们会在那里杀了它。这样的话再好不过了。他们本来想在杀了它朋友的地方杀了它的，那可真是场闹剧。杀了大象，正好遂了他们的心愿，两个该死的"伙伴"杀手。

　　他们追到了枝叶层层覆盖的密林中，大象就在前面不远的地方了。戴维甚至能闻到它身上的气味。他们听见大象把树枝拉倒，弄出咔嚓咔嚓的声响。他的父亲把手放在戴维的肩上让他退回来，叫他在林子外等着。接着，他从口袋里掏出个袋子，抓起一把灰扬向空中。灰纷纷扬扬落下来，微微飘向他们这边。父亲冲着朱玛点点头，弯着腰跟他钻进了林子。戴维看着他们钻进林子，后背和屁股时隐时现，却听不到任何响动。

戴维定定地站在那儿，听着大象吃东西的声音。他能闻见它身上强烈的气味儿，就跟那天晚上他在月光下凑上去看那两根漂亮的象牙时一样浓。他在那儿站着，四周忽然安静了下来，大象的气味也消失不见了。接着，尖利刺耳的声音传来，是那支点 303 口径的猎枪响了，然后是父亲拿着的那支点 450 口径长枪发出的两次声响。随后，噼啪的枪声由近到远响了个不停。他钻进茂密的林中，发现朱玛已经抖成了筛子，前额上的血淌得满脸都是，而他父亲脸色煞白，看起来气得不轻。

"它朝朱玛冲过来，把他掀翻了，"他的父亲说，"朱玛打中了它的头。"

"你打中它哪儿啦？"

"我也没管哪个部位，哪儿容易打就打哪儿了。"他的父亲说，"跟着血迹追。"

到处都是大象的血。有一股血飚得跟戴维的个头儿一样高，溅在树干上、叶子上，还有藤蔓上；还有股血就喷得低多了，还混合着胃里的东西，黑乎乎、臭烘烘的。

"看来我们打中了它的肺和肠子。"他的父亲说,"现在,它要不是倒了,要不就是走不动了——但愿如此。"他补充了一句。

他们找到了它,它果然走不动了。绝望和巨大的疼痛让它已经无法动弹了。它从刚刚觅食的茂林中闯出来,穿过森林开阔处的小径时,戴维就和他的父亲循着浓重的血迹奔了过来。大象又挣扎着钻入了密林中。戴维能看见它庞大的身躯倚着树干站在前头,看见了它的臀部。他的父亲走上前去,他跟在后头,两人来到大象跟前,就像走到大船旁边似的。戴维看见它的腹部有鲜血不断涌出,从身体两边如注而流。他的父亲举起猎枪冲它来了一枪,大象沉重缓慢地转过长着两根长牙的脑袋来,看着他们。待他父亲开了第二枪,大象看似像要倒的大树一样晃动了身形,朝他们的方向倒了下来。但是,它这会儿并没有死,它的肩胛骨被打碎,因为肩膀受伤才倒了下来。它不能动弹了,但是它的眼睛还生机勃勃地盯着戴维。它的眼睫毛很长,那双眼睛是戴维有生以来见过的最有生机的东西。

"用那支点 303 口径的枪朝它的耳朵眼儿里来一枪,"他的父亲说,"快呀。"

"你自己打。"戴维说。

朱玛带着一脸血，瘸着腿走了过来，额头上的皮肤掉下来遮住了左眼，鼻梁骨都露了出来，一只耳朵也被扯了下来。他从戴维手里拿过猎枪，一言不发地对准大象，枪口几乎塞进它的耳朵眼里去了。他怒气冲冲地推拉着枪栓，连开了两枪。第一声枪响时，它的眼睛还睁得大大的，接着目光便涣散了，鲜血从耳朵里流出来，汇成两条鲜红的小溪，顺着皱巴巴的灰色象皮往下淌。这血的颜色不同于他所见过的血。戴维想，我一定要记住这个。他是记住了，但对他而言也毫无所用。眼下，大象所有的尊贵、威严，所有的美丽都消失无存，只剩下了一大堆皱巴巴的皮肉。

"不错，我们把它弄到手了。戴维，多亏了你。"他的父亲说，"现在，我们最好生一堆火，我先给朱玛包扎一下伤口。过来，你这个血糊糊的矮胖子 ①。别摆弄那俩象牙了。"

朱玛龇着牙笑着走到他跟前，拿着大象的尾巴，上面光溜溜的一根毛都没有。

他们开了个下流的玩笑，然后他的父亲用斯瓦希里语飞快地问了一连串问题："这里离水源有多远？要走多远

---

① 矮胖子（Humpty Dumpty）：《鹅妈妈童谣》里的人物，他从墙头掉下来摔碎了。

才能把人叫来，把象牙运出去？你觉得怎么样，你这个没用的老饭桶？你哪儿受伤了？"

朱玛回答他后，父亲对戴维说："你和我一起回去把我们丢下的包裹拿回来，朱玛留在这儿把火烧旺。医药箱在我的包里，我们得在天黑前取回来。他不会感染的，这又不是抓伤。我们走吧。"

那天晚上，戴维坐在火堆旁，看着脸上被缝了针、断了几根肋骨的朱玛，心里想着那头大象是不是因为认出了朱玛所以才要撞死他。他希望是这样。那头大象现在是他的英雄，就像他的父亲曾经很长一段时间以来是他的英雄一样。他心想：我简直不能相信它在又老又累的情况下居然还能给朱玛来这么一击。显然，它是想杀了他的，但是它看着我的时候似乎并没有杀我的意思。它只是觉得悲伤，就像我内心的感受一样。它在探望老朋友的这天丢了自己的性命。

戴维记得那头大象尊贵的气质是如何随着它眼里光芒的消失而荡然无存的，也记得当他和父亲拿着包裹回来时，它的尸体已经开始发胀的样子——即便是在寒冷的夜晚。再也没有什么大象了，有的只是一具正在膨胀的皱巴巴的灰色尸体，还有两根让它送了命的褐迹斑斑的黄色象牙。象牙上沾上了干涸的血点子。他用大拇指甲刮了一些下来——那感觉跟扣封信用的干火漆一样——把它们放进衬衫口袋里。除了一开始从它那里获取的关于孤寂感的知识，这些血沫子就是他从大象身上取得的所有东西了。

那晚在火堆旁取掉象牙之后，他的父亲试图跟他交谈。

"它可杀了不少人，戴维，"他说，"朱玛说没人知道有多少人被它弄死了。"

"那些人想要杀它，对吗？"

"这是自然，"他的父亲说，"谁让它长了那么一双象牙。"

"那怎么还说它杀了人呢？"

"随你怎么想吧，"他的父亲说，"我很遗憾你有这么糊涂的想法。"

"我希望它当时能杀了朱玛。"戴维说。

"这就有点儿过分了，"他的父亲说，"朱玛是你的朋友，你要清楚这一点。"

"他不再是我的朋友了。"

"你可不能跟他说这种话。"

"他自己心里清楚。"

"我想你错怪他了。"他的父亲说。谈话到这里进行不下去了。

后来，他们历尽辛苦终于把象牙安全无虞地弄了回去。两根象牙的牙尖互抵着靠在枝条和泥巴垒成的房屋墙壁上。那对象牙又高又粗，即便用手摸着它们也很难让人相信这是真的。没有人能够到象牙顶端的弯处，哪怕是他的父亲也不能。朱玛和他的父亲，当然还有他，一时间竟成了英雄，基博也成了英雄的狗，居然连抬象牙的几个人也成了英雄。于是，那几位已经喝到微醺的英雄就喝得更醉了。他的父亲问他："你想和好吗，戴维？"

"好吧。"他答应了，这是因为他知道他已经决定再也不会告诉他们一切事情了。

"我很高兴你能答应，"他的父亲说，"这让事情变得简单多了，更和睦了。"

然后，他们坐在无花果树荫下的长老椅上喝着啤酒，象牙靠在墙上。一个年轻姑娘和他的弟弟把啤酒倒进葫芦杯里，一杯杯给他们敬上。他们是英雄的仆人，和英雄的狗一同在地上坐着。英雄戴维有一只小公鸡，也被新晋提拔为英雄最心爱的大雄鸡。他们坐在那儿喝着啤酒，大鼓响了起来，恩戈麦鼓①也敲得越来越快。

---

① 恩戈麦鼓（egoma）：东非的一种鼓。

夏日的人们

从霍顿斯湾镇去往湖畔的砾石路途中有一个喷泉。水从路边沉下去的瓦砖中流了出来，淌过瓦砖裂缝的边缘，穿过附近生长着的薄荷丛，流进了沼泽里。黑暗中，尼克把手臂伸进喷泉里，但是因为水太冷，并没持续多久。他感觉到底部的泉眼中有沙子喷了上来，轻轻地拂过他的手指。尼克心想：我愿意整个人都泡在里头，那绝对很过瘾。他把胳膊拿出来，一屁股坐在路边。这个夜晚热极了。

他顺着马路望去，透过树木能看见比恩家的白色屋子①撑立在水面上。他不想到下面的码头去，大家都在那儿游泳呢。他可不想看见凯特和奥德加在旁边晃来晃去。他能看见那辆车就停在仓库边儿的马路上，奥德加和凯

———————
① 一种由水下的柱子撑立所建的水上房屋。

特就在那儿。奥德加每次看凯特的时候，那眼睛就像死鱼眼一样直勾勾的。

　　奥德加难道不清楚吗？凯特根本不会嫁给他。她不会嫁给任何一个没跟她做过那事儿的人。如果他们要和她做，她会从心底退缩，变得难以接近，然后赶紧溜掉。他本来是有机会的，能够使她不那么抗拒，态度又臭又硬地跑开，反而令她敞开自己，放松自在、无拘无束地让人拥抱。奥德加总认为是爱情让人们促成好事。他的眼睛鼓得老大，眼睑边缘也有些发红。她不会忍受他碰她的，这都得怪他那眼睛。奥德加得不到手，只好希望他们俩永远做朋友：一起在沙堆里玩耍，在泥巴上画画，乘船逛上一整天。凯特总是穿着泳衣，奥德加眼都要看直了。

　　奥德加三十二岁，已经做了两次精索静脉曲张手术了。他长相丑陋，大伙儿都喜欢看他那张丑脸。奥德加想和凯特做一回，他把这事儿看得比天还大，可是他不可能如愿。因此，每到夏天他都很遭罪，可怜的家伙。奥德加善良极了，他对尼克比对任何人都要好。现在，只要尼克想和凯特搞在一起，他就能得手。尼克想，奥德加会自杀的，如果他知道他们俩的事儿的话，不过我想不出他会用什么方式自杀。他不能想象奥德加的死亡。

或许他不大想做那事儿。不过，人们还是在做，那可不仅仅是爱情的事。奥德加以为只有爱情才会让人那样做。老天知道，奥德加也算够爱她的了。做那事儿是种嗜好，对肉体的嗜好。将一个肉体引介给另外一个肉体，想要让对方相信自己，得冒点儿风险，绝对不能吓到对方，要把她想象成你中意的人，只索取肉体而不要向灵魂发问，让温存和你的小嗜好并行，叫对方也感受到愉悦和幸福。可以开开玩笑让对方放松下来，别那么害怕，事后还要把情绪整理好，不出岔子。这可不是凭爱情就能办到的，因为爱情总让人恐惧。他——尼古拉斯·亚当斯，就能得到他想要的，因为他身上有种魅力，这种魅力可能并不会持久，也许他终有一日会失去它。他希望能把这种魅力给予奥德加，或者跟奥德加说说它也行。但是，他不能对旁人把什么事儿都抖出来，尤其是奥德加，不，奥德加并非特例，对所有人都是这样，去哪儿都一样。他最大的毛病就是太多嘴，还总改不了。他曾因为这个毛病把自己卷进不少事儿里。不过，他还是可以谈些什么，帮帮普林斯顿、耶鲁还有哈佛的那些小处男。为什么州立①大学里总没有处男呢？大概是因为男女

---

① 前面提到的三所学校都是私立学校，州立学校多为公立学校。

同校的原因吧。他们遇到了想要结婚的女孩。女孩可帮他们大忙了，后来还和他们结婚了。至于奥德加、哈维、迈克和剩下的那些男孩将来会是个什么境况？他不知道，因为他活得还不够长，预见不了什么。他们是世界上最好的人。他们会变成什么样儿呢？他怎么会知道。他懂事才不过十余年，哪能像哈代①和汉姆生②那样写出那么多东西呢。他现在还不能，等他五十岁后再说吧。

他在黑暗里跪了下来，头伸到喷泉那儿喝了一口水，觉得好多了。他知道自己会成为一个伟大的作家。他懂得许多，旁人压根比不上他，没人比得上。只是他懂得的还不够多，以后会多起来的。对于这个，他心里清楚。水太凉了，激得他眼睛有点儿疼。那一口水喝得太猛了，像吃了冰淇淋似的。你连鼻子都泡在水里喝水时，就会有那样的感觉。他最好去游个泳。胡思乱想是没有任何益处的，只要脑筋一动，就没完没了了。他走到马路上，经过左边停着的汽车和大仓库。秋天的时候，会有大批的苹果和土豆从这儿装船运走。走过比恩家粉刷成白色

---

① 托马斯·哈代（Thomas Hardy，1840—1928）：英国诗人、小说家，一生发表近二十部长篇小说，代表作有《德伯家的苔丝》。
② 克努特·汉姆生（Knut Hamsun，1859—1952）：挪威作家，1920年诺贝尔文学奖获得者。

的房子，他们有时会趁着灯笼的光亮，在硬木地板上跳舞。他走上码头，来到大家游泳的地方。

他们都在码头的尽头那里游泳。尼克沿着架在水面上的粗木板走过去时，听见长跳板震了两下，然后"哗啦"一声，码头下的木桩间顿时激荡了起来。那一定是吉，他想。然而，那是凯特。她像海豹一样钻出水面，攀上梯子把自己拉了上去。

"是威米兹①。"她朝其他人喊道，"过来加入吧，威米兹。简直棒极了。"

"嗨，威米兹。"奥德加说，"伙计，真是太有意思了。"

"威米兹在哪儿？"是吉的声音，他游远了。

"威米兹这家伙不会游泳吗？"比尔低沉的声音越过了水面，传了过来。

尼克觉得心情大好，因为有人这样儿喊你是件有趣的事情。他蹬掉了自己帆布鞋，把衬衫从头顶扯下来，脚踩着裤子跨了出去。他裸露的脚掌感觉到码头的厚木板上散落的沙子。他飞快地跑向软跳板，脚趾在跳板尽头猛地一跃，绷紧身子跳下去，利落地滑进深水，一点儿都没意识到自己是如何跳下来的。他入水前深吸了一

---

① 尼克的外号。

口气，所以现在他在水里一个劲儿地向前游着，弓着背，蹬直脚面儿往上蹿。不多时，他冒出了水面，面朝下浮着。他翻个了身，睁开眼睛。他对游泳并不怎么在意，只有一猛子扎进深水里才能让他兴奋。

"怎么样，威米兹？"吉就在他后头跟着。

"暖烘烘的。"尼克说。

他深吸一口气，用手抱住脚踝，膝盖顶在下巴下面，慢慢沉入了水里。水面上层很暖和，但是他很快就往下游去，沉到凉爽中，接着就觉得冷了。他快到底部时，就冷得有点儿刺骨了。尼克轻轻贴着水底游动，水底十分泥泞。他讨厌伸直脚蹬水出来时脚趾触到泥地的感觉，不过从水下出来又闯入黑暗的感受让人颇觉奇特。尼克在水中缓了一会儿，用脚踩着水，十分惬意。奥德加和凯特在码头上说着话。

"你有没有在泛波光的海上游过泳呢，卡尔？"

"没有。"奥德加对凯特说，声音听起来不大自然。

那样的话，我们全身上下都能擦火柴了，尼克想。他吸了一大口气，提膝蜷腿，双臂紧紧环抱着膝盖沉了下去，这一次他的眼睛是睁开的。他慢慢下沉，身体先偏了偏，接着一头扎了下去。这感觉不太好，在黑暗的水下他什么都看不见。他头一次跳水时把眼睛闭着看来是对的。这种反应想来还怪有趣的。不过，真说起来其实也时灵时不灵的。他没有一路游向深处，而是绷直了身体游上来，穿过冷水层，待在暖水下面。在水下游泳太有意思了。和水下游泳相比，在水面游来游去就很无趣了。因为浮力的作用，在海面上游泳也会有很多乐子。不过海水太咸，在那儿游泳会让人觉得很渴，在淡水中就没有这样的烦恼。就像今天这样一个炎热的夜晚，在水里游游泳，多好呀。他钻出水面呼吸空气，刚好停在码头的边缘，于是他攀上梯子爬了上来。

"哦，威米兹，要来个跳水表演，是吗？"凯特说，"那就好好跳一个。"他们一起坐在码头上，背靠着一个大桩子。

"跳个压水花儿的，威米兹。"奥德加说。

"没问题。"

尼克湿淋淋地走上了跳板，回忆着跳水的动作。奥德加和凯特看着他。夜色中只见一道黑影站在跳板尽头一跃而下，这是他从海獭那儿学会的。进入水中后，他一转身向水面游去，心想，天啊，要是凯特在我身边那该多好。他一下子蹿出水面，感觉眼睛和耳朵里灌满了水。他一定是还没出水，就换气了。

"太完美了，完美至极。"凯特在码头上大喊。

尼克攀着梯子爬了上来。

"其他人去哪儿了？"他问。

"他们游到水湾那儿去了，游远了。"奥德加说。

尼克挨着凯特和奥德加躺在码头上。他能听见吉和比尔在远处的黑暗中划水。

"你是个了不起的跳水健将，威米兹。"凯特说着用脚碰了碰他的背。尼克因这触感一下绷直了身子。

"我不是。"他说。

"你跳得太棒了，威米兹。"奥德加说。

"没那么好。"尼克说。他在思考，思考有没有可能和某个人一起潜入水里。他可以在水下憋气三分钟，游到深处碰到水底的沙子，然后，他们一起浮上来，换一口气再沉下去。如果知道方法的话，潜入水里是件很简单的事。有一次，他为了向大伙儿炫耀，在水下喝了一瓶牛奶，还剥开并吃了一根香蕉。不过要待在水下还得借助点儿外力，如果水底有个圆环，能让他用胳膊勾住，他就能做到。天哪，怎么会这样，你永远都不会得到一个女孩了，没有哪个女孩受得了这些，她不灌一肚子水才怪呢。要是凯特，一准儿给淹死了，因为她可不是什么好的潜水员。他希望有个女孩会喜欢这些。或许他能找到一个这样的女孩子，也有可能永远不会。除了他，没有人有这样好的水下功夫。游泳的家伙，呸，游泳的都是些蠢货，没人比他更懂水性了。埃文斯顿①有个家伙可以在水里憋气六分钟，可惜他是个疯子。他希望自己是条鱼，不，他干吗要做条鱼呢？他笑了起来。

"有什么事这么好笑，威米兹？"奥德加用沙哑的声音说道。他在凯特跟前就是用这种声音说话的。

"我希望自己是条鱼。"尼克说。

"这是个不错的笑话。"奥德加说。

"那当然。"尼克说。

"别跟个傻子一样，威米兹。"凯特说。

"你想做条鱼吗，巴特斯汀？"他把头枕着木板，背对着他们说道。

"不想，"凯特说，"今晚不想。"

尼克用背使劲在她的脚上顶了顶。

"你想成为哪种动物，奥德加？"尼克问。

"约翰·皮尔庞特·摩根②。"奥德加说。

"真有你的，奥德加。"凯特说。尼克觉得奥德加有些得意扬扬了。

"我想成为威米兹。"凯特说。

---

① 埃文斯顿（Evanston）：美国城市名字。

② 约翰·皮尔庞特·摩根（John Pierpont Morgan）：美国银行家，十分富有。

"你要想的话，总能成为威米兹太太的。"奥德加说。

"不会有什么威米兹太太的。"尼克说。他收紧了背上的肌肉。凯特的两条腿伸直了抵着他的背部，就像她在火堆旁把脚搭在圆木上休息一样。

"别那么确定。"奥德加说。

"我确定极了。"尼克说，"我会跟条美人鱼结婚。"

"那她不就是威米兹太太了。"凯特说。

"不，她不是，"尼克说，"我不会让她成为威米兹太太的。"

"你怎么阻止她呢？"

"我绝对会阻止她，让她放马过来。"

"美人鱼不会结婚。"凯特说。

"对我来说最好不过了。"尼克说。

"曼恩法①会判你的罪的。"奥德加说。

"我们会在四英里范围外②，"尼克说，"我们可以从酒贩子那儿弄来食物。你可以搞一套潜水服过来看我们，奥德加。如果巴特斯汀想来的话就带着她一起，我们每周四下午都会待在家里。"

"我们明天去做什么？"奥德加问。他的声音又哑了

---

① 曼恩法（Mann Act）：美国的一项法案，主要是禁止各州之间贩卖妇女。
② 领海区域之外。

下来，又和凯特亲近了。

"哦，去他的，我们别谈论明天了，"尼克说，"来谈
谈我的美人鱼吧。"

"我们谈过你的美人鱼了。"

"好吧，"尼克说，"你和奥德加一边说话去，我要想
想我的美人鱼了。"

"你真邪恶，威米兹，你邪恶得令人恶心。"

"不，我不邪恶，我可老实着呢。"接着他闭上了眼睛，
说，"别打扰我，我要想想她。"

他躺在那儿想美人鱼的时候，凯特和奥德加说着话，
她的脚还在他后背上抵着。

奥德加和凯特在那边说话，但他什么都没听见。他躺
在那儿，什么都不想，快活极了。

吉和比尔在远处上了岸，沿着沙滩走向汽车，把车开
到了码头上。尼克爬起来穿好衣服。比尔和吉坐在前面
的座位上，长距离游泳累坏了他们。尼克、凯特和奥德
加坐在后排。他们向后靠着，比尔开着车一路轰鸣着上
了山，拐到了大路上。到了主高速公路上，尼克就能看
见前面车子的车灯了。他们的车一爬坡，前面的灯光就
逐渐消失在视线中。没过多久，他们的车赶上去时，灯
光便又开始闪烁了，待车子被比尔甩在身后时，灯光又

暗了下来。公路在高处同湖岸并行。几辆来自夏洛瓦①的大轿车迎面开了过来，车里坐着那些有钱的浑蛋。车子大摇大摆地驶过马路，根本不打暗灯，跟火车似的开了过去。比尔对着停在路边树下的车打着闪灯，示意他们让道。一路上没一辆超车的，不过有辆车一直开着闪灯跟在他们屁股后面，直到比尔开远了它才消停下来。比尔放慢速度，猛地拐进一条沙路，那条路穿过果园直达园内的农舍。车子低速平稳地在果园里行驶着。凯特把嘴凑近尼克的耳朵。

"还有一个小时，威米兹。"她说。尼克用大腿朝她的腿上使劲儿顶了顶。车子在果园高处的山头转了一圈停在了屋子前面。

"姑妈睡了，我们得安静点儿。"凯特说。

"晚安，伙计们，"比尔小声说，"我们明早过去。"

"晚安，史密斯。"吉低声说，"晚安，巴特斯汀。"

"晚安，吉。"凯特说。

奥德加也住在这里。

"晚安了，伙计们，"尼克说，"再见，明天见②。"

"晚安，威米兹。"奥德加站在门廊上说。

---

① 夏洛瓦（Charlevoix）：加拿大魁北克省的一个地名。

② 此处原文为德语。

尼克和吉走到路上，进了果园。尼克伸手从公爵夫人树①上摘了一个苹果。果子还是青的，但他仍旧咬了一口，咂干发酸的果汁，把肉吐了出来。

"你和大鸟②游得可够久的，吉。"尼克说。

"也不是很久，威米兹。"吉回答他说。

他们从果园出来，经过邮箱，走上路面结实的州立公路。道路横穿过小溪，那里的凹陷处弥漫着一片冷雾，尼克在桥上停了下来。

"走啊，威米兹。"吉说道。

"好吧。"尼克答应了一声。

他们一路走上山。公路绕着果园转进树林子里。他们经过的屋子都没有亮灯，也没有机动车开过他们身旁，整个霍顿斯湾进入了梦乡。

"我还不太想睡呢。"尼克说。

"想让我陪你走走吗？"

"不用了，吉。不用麻烦了。"

"好吧。"

"我跟你走到木屋那儿就行了。"尼克说。他们拉开纱门走进了厨房。尼克打开冷藏室找了一圈儿。

---

① 苹果的一个品种。

② 比尔的外号。

"想来点儿这个吗，吉？"尼克说。

"我想要一个派。"吉说。

"我也是。"尼克说。从冰箱上面取了张油纸，把几块儿炸鸡和两个樱桃派包了起来。

"这个我带走。"尼克说。吉就着一个装满水的桶喝了一口水，把嘴里的馅饼冲了下去。

"吉，如果你想读点什么的话，可以去我房里拿。"尼克说。吉盯着尼克包好的食物。

"别干蠢事儿，威米兹。"他说。

"没什么事儿的，吉。"

"好吧，只是别犯蠢。"吉说。吉打开纱门走出去，穿过草地来到木屋。尼克关了灯走了出去，顺手关上了纱门。他带着用油纸包好的食物穿过潮湿的草地，翻过栅栏，上了马路。他走在大榆树下面，穿过镇子，经过十字路口最后一个"农村免费投递"邮箱，出来上了通往夏洛瓦的高速路。越过小溪后，他抄近路穿过一块田地，沿着果园的边缘一路走去直到空地边上，爬过铁栅栏进了树林子。林子中央有四棵铁杉树紧紧挨在一起长着。地上十分松软，落满了松针，没有一丁点儿露水。这片林地从未被砍伐过，森林的地面上温暖干燥，没有灌木。尼克把食物放在了一棵铁杉树下面，躺下来等着。他看见凯特在黑暗中穿过树林，但是他一动不动。她没有看见他，便站住了，胳膊上抱着两条毯子。黑暗中她看去就像挺了个大肚子的孕妇一样。一开始，尼克被吓了一跳，接着又觉得好笑。

"你好呀，巴特斯汀。"他说。她的毯子掉了下来。

"哦，威米兹。你不该这样吓我。我刚刚还怕你不来了呢。"

"亲爱的巴特斯汀。"尼克说。他搂过她来，感受着她的身体依偎着他，那甜美的身体靠着他的身体。她紧紧贴着他。

"我太爱你了，威米兹。"

"亲爱的，亲爱的老巴特斯汀。"尼克说。

他们铺开了毯子。凯特把它们弄平整。

"把毯子带出来可太危险了。"凯特说。

"我知道，"尼克说，"我们脱衣服吧。"

"哦，威米兹。"

"这样更有趣。"他们赤裸着坐在毯子上。尼克觉得有一点儿不好意思。

"威米兹，你喜欢我不穿衣服的样子吗？"

"天啊，我们还是钻进毯子里去吧。"尼克说。他们躺在两块粗糙的毯子中间。他滚烫的身体贴着她冰凉的身躯。他要的就是这个，现在得手了。

"觉得好吗？"

凯特一个劲儿逼着他要答案。

"有趣儿吗？"

"哦，威米兹。我想要，我需要它。"

他们一起躺在毯子里。威米兹把头移下来。他的鼻子沿着她脖子的线条一路抚下，来到她的胸前，就像抚摸钢琴琴键一样。

"你闻起来好清凉。"他说。

他用嘴唇轻轻蹭着她……

"这样觉得舒服吗？"他问。

"我爱它，我爱它，我爱它。哦，再来，威米兹。再来，再来，再来，求你，威米兹，求你，求你，求你，威米兹……"

"要到了。"尼克说。

他突然感觉到裸露的身体被粗糙的毯子磨得难受。

"我很差劲儿吗，威米兹？"凯特问。

"不，你很棒。"尼克说。他的头脑运作得飞快，清醒得不得了。他看东西也锐利清晰。"我饿了。"他说。

"我希望我们可以整夜都睡在这儿。"凯特依偎在他怀里。

"那会很棒，"尼克说，"但是我们不能，你应该回到房子里去。"

"我不想回去。"凯特说。

尼克站起身来，微风吹拂着他的身体。他赶快穿上衬衣，穿上衣服后他觉得舒服多了。他把裤子和鞋子也穿上了。

"你该穿衣服了，斯图①。"他说。她躺在那儿，把毯子拉上来蒙住脑袋。

"就一小会儿。"她说。尼克从铁杉树那边拿起了食物，拆开来。

"来吧，穿上衣服，斯图。"他说。

"我不想穿，"凯特说，"我打算在这儿睡一整夜。"她裹着毯子站了起来，"把那些衣服给我，威米兹。"

尼克把衣服递给她。

"我刚才在想这件事，"凯特说，"如果我在外头睡觉，他们只会认为我是个傻瓜，带着毯子跑这儿来了，也没什么大不了的。"

"你睡这儿不会舒服的。"尼克说。

"如果我不舒服，我就进屋去。"

① 凯特的外号。

"在我必须走之前我们吃了它吧。"尼克说。

"我得穿件衣服。"凯特说。

他们坐在一起,吃了炸鸡,每人都吃了一块樱桃派。

尼克站了起来,接着又跪下亲吻了凯特。

他穿过湿漉漉的草地来到木屋,上楼进了自己的房间,很小心地没发出吱吱作响的声音。这感觉好极了:躺在床上,有床单,能伸展你的手脚,头可以枕着枕头。躺在床上真好,舒适、幸福。他明天要去钓鱼。他暗自祈祷着,就像他往常祈祷的那样(如果他能想得起的话),为他的家庭,为他自己,为当个好作家,为了凯特、奥德加和伙计们,为了钓到好鱼。可怜的老奥德加,睡在那边屋子里的可怜的老奥德加,他明天可能钓不了鱼了,搞不好会失眠一晚上。可是,依然没什么是自己能做的,一件能做的也没有。

世上的光

酒保抬眼看见我们进了门，便伸出手把玻璃罩子盖在两碗免费的菜上。

"给我来杯啤酒。"我说。他在酒桶上接了一杯啤酒，用铲子刮平了上面的泡沫，手却拿着酒杯没有动。我把五分钱放在木头吧台上，他才把酒推给了我。

"你要什么？"他问汤姆。

"啤酒。"

他接了一杯，铲去泡沫，看到钱后把酒给了汤姆。

"怎么了？"汤姆问道。

酒保没有回答他，眼神径直越过我们的头顶，招呼一个刚进门的男人："你要喝什么？"

"黑麦酒。"男人回答。酒保拿出一瓶酒，取了一个空杯子和一杯水。

汤姆伸手揭开了盖在免费菜上的玻璃盖子。那是碗腌猪蹄，里面还放着一把跟剪子似的木头工具，末端有两个木叉子，是用来叉猪蹄的。

"别动。"酒保警告道，过来把玻璃盖子又罩回碗上。汤姆的手里还捏着那把剪刀样的木叉子。"把它放回去。"酒保说。

"去你的。"汤姆说。

酒保从吧台下伸出一只手来，看着我们俩。直到我放了五毛钱在台面儿上，他才站直了身子。

"你要什么？"他说。

"啤酒。"我回答道。在他接啤酒前，我把两个碗罩都揭开了。

"见你×的鬼，这猪蹄是臭的，"汤姆说着便把嘴里嚼的东西吐到了地上。酒保一言不发。那个男人喝完黑麦酒付了账，头也不回地走了出去。

"你才是个臭货，"酒保说，"你们这群流氓都是些臭玩意儿。"

"他说我们是流氓。"汤米① 对我说。

"听我说，"我说，"我们走吧。"

"你们这帮混混赶紧给我滚出去。"酒保说。

---

① 汤姆的昵称。

"我说了我们要走的，"我说，"这可不是你吩咐的。"

"我们还会回来的。"汤姆说。

"不，你最好不要再来了。"酒保告诉他。

"告诉他，让他明白自己的错。"汤姆转过来对我说道。

"走吧。"我说。

外面的空气很好，天黑透了。

"这他×是什么鬼地方？"汤姆说。

我们从镇子的这一头进来，现在又要从另一头出去。这里到处都弥漫着一股兽皮、鞣皮和一堆堆木屑夹杂在一起散发出来的气味。我们进镇子时天才擦黑，现在都黑透了，还冷得不行，马路上的水坑边缘都结了冰碴。

车站那里有五个妓女在等火车进站，还有六个白人和四个印第安人。屋里挤得满满当当，炉火烧得很旺，到处都是污浊的烟味儿。我们进来时没一个人说话，买票的窗口关着。

"把门关上好吗？"一个人说。

我看看是谁说的话。那是一个白人，他穿着条沾满煤渣的裤子，套着伐木工橡胶靴，身上穿着件方格厚衬衣，打扮得跟其他几个白人一样，但是他没戴帽子。他的面庞很白，两只手又白又细。

"你不打算关上它吗？"

"这就关。"我说，然后关上了门。

"多谢。"他说。另一个男人窃笑了起来。

"跟厨子打过趣吗？"他对我说。

"没有。"

"你可以跟这位逗逗乐子，"他看着厨子说，"他喜欢
着呢。"

那个厨子别开脸，紧紧地抿着嘴唇。

"他宁可把柠檬汁涂到手上，"那个男人打趣道，"也
不愿把手放在洗碗水里泡泡，瞧瞧它们白嫩的样子。"

一个妓女哈哈大笑了起来。我这辈子都没见过这么大
块头的妓女，说起来我压根儿就没见过这么大块头的女
人。她穿着一身能变色的绸裙子，还有两个妓女的块头都
快赶上她了，而那个最胖的估计有三百五十磅重了。你看
着她的时候简直不能相信那是个大活人。这三个妓女都穿
着一样能变色的绸裙子，几个人在长凳上并排坐着，真是
庞然大物。剩下的两个就是普通的妓女，头发染成了金色。

"瞧瞧他那手。"男人说着，朝厨子点了点脑袋。那
妓女又大笑起来，笑得花枝乱颤。

厨子转过头来，飞快地对她说了一句："你这恶心的
肥肉堆。"

她只顾着笑，身上的肥肉直抖。

"哦，我的上帝，"她说道，她的嗓音倒是很好听，
"哦，我亲爱的上帝哟。"

另外两个妓女中块头大点儿的那个十分安静，好像对
这些没什么感觉似的。她们俩也是够大的，几乎和最胖
的那个差不多了，她们绝对都超过两百五十磅。这两位
倒还一副端着的样子。

男人里除了厨子和跟厨子说话的人，还有两个伐木
工。一个听他们说话觉得还蛮有趣，但有些羞怯；另一个
似乎打算说点儿什么。除此之外，还有两个瑞典人。两
个印第安人坐在长凳的尽头处，一个倚墙站着。

打算说话的那个男人压低了声音对我说："就跟躺在
干草堆上差不离。"

我被逗乐了，把这话说给汤米听。

"我对老天发誓我还从没见识过这些，"他说，"瞧瞧
那三位胖姐儿。"这时，厨子开口说话了。

"你们两个小伙子多大年纪啦？"

"我九十六，他六十九。"汤米说。

"嚯！嚯！嚯！"那个大块头妓女大笑起来，她的声
音的确很好听，另外两个没露一丝笑意。

"老天，你能正经一点儿吗？"厨子说，"我是出于

友好才问你话的。"

"我们俩一个十七岁，一个十九岁，"我说。

"你怎么回事儿？"汤米转过来对我说。

"这又没什么。"

"你们可以叫我爱丽丝。"大块头妓女说，接着她又抖了起来。

"这是你的名字吗？"汤米问道。

"当然，"她说，"爱丽丝，是不是？"她转身看着坐在厨子身边的男人。

"爱丽丝，一点儿不错。"

"你们就喜欢起这种名字。"厨子说。

"这是我的真名。"爱丽丝说。

"其他姑娘都叫什么呢？"汤姆问道。

"黑兹尔和埃塞尔。"爱丽丝回答。黑兹尔和埃塞尔笑了笑，一副不太聪明的样子。

"你叫什么名字？"我对一个染了金发的姑娘说。

"弗朗西斯。"她说。

"弗朗西斯什么？"

"弗朗西斯·威尔森。你打听这个做什么？"

"那么你呢？"我问另一个金发女郎。

"哦，别装得跟个雏儿似的。"她说。

"他不过是想跟大家交交朋友，"先前说话的男人说道，"你不想交个朋友吗？"

"不想，"染头发的那个说，"不想跟你交什么朋友。"

"她就是个泼辣货，"那个男人说，"一个标准的小泼妇。"

金发姑娘看了一眼她的同伴，摇了摇脑袋。

"该死的乡巴佬。"她说。

爱丽丝又笑了起来，身上的肉一颤一颤的。

"没什么好笑的，"厨子说，"又没什么好笑的，你老在那儿笑个什么劲。你们两个年轻小伙儿是要去哪儿啊？"

"你要去哪儿呢？"汤姆问他。

"我要去凯迪拉克①，"厨子说，"你们去过那儿吗？我妹妹住在那里。"

"他自己就是个妹妹。"那个穿着满是煤渣的裤子的男人说。

"你能不能停下你的破玩笑？"厨子问，"我们就不能好好说话？"

"史蒂夫·凯切尔②就是从凯迪拉克来的，还有阿

----

① 凯迪拉克（Cadillac）：美国一个地名。

② 史蒂夫·凯切尔（Steve Ketchel，1886—1910）：美国职业拳击手，被美国人称为"斯坦利·凯切尔"。

德·沃尔加斯特^①也是那里的人。"那个腼腆的男人说。

"史蒂夫·凯切尔,"一位金发姑娘尖声叫了出来,就好像这名字像子弹似的打中了她,"她亲爸爸拿枪杀了他。没错儿,天啊,那可是他的亲生父亲。再也没有像史蒂夫·凯切尔那样的男人了。"

"他的名字不是叫斯坦利·凯切尔吗?"厨子问。

"哦,你可闭嘴吧,"染着金发的姑娘说,"你对史蒂夫都知道些什么? 还斯坦利,他可不叫什么斯坦利。史蒂夫·凯尔特是我这辈子见过最友善、最好看的男人了。我还从未见过有哪个男人跟他一样干净白皙,还长得像他那么漂亮。一个男人都没有。他动作快得跟老虎有一比,是这世上最优秀、花钱最豪爽的人了。"

"你认识他?"其中一个男人问道。

"我认识他吗? 我知道他吗? 我爱他吗? 你竟问我这种问题? 我认识他就像你在这世上谁都不认识一样,我爱他就像你爱着上帝。史蒂夫·凯切尔,他是我见过最伟大、最优秀、最白皙、最英俊的男人,可他的父亲居然杀了他,就跟杀一条狗一样。"

"你跟他去过东海岸?"

---

① 阿德·沃尔加斯特 (Ad Wolgast,1888—1955):世界轻量级拳击冠军。

"没有，我在这之前认识了他，他是我唯一爱过的
男人。"

听了之后，大伙儿对这位染着金发的女郎一下子肃然
起敬，她讲这些话就像演戏似的，爱丽丝又要开始打战
了。我坐在她旁边能感觉到。

"你应该嫁给他。"厨子说。

"我不能毁了他的事业，"染着金发的女郎说，"我不
能拖他的后腿，他并不需要一个妻子。哦，上帝啊，他
是多好的一个男人。"

"这样想倒是看得开，"厨子说，"杰克·约翰逊①不
是在拳场打倒过他吗？"

"那是个诡计，"染着金发的姑娘说，"那个大块头黑
人偷袭了他，那个黑杂种。他本来已经把杰克·约翰逊
打倒了的。那个黑鬼全靠侥幸才赢了他。"

售票口打开了，三个印第安人走了过去。

"斯蒂夫击败了他，"染着金发的姑娘说，"他还转过
来冲我微笑。"

"你刚才好像说你没去过东海岸。"有个人说。

"我是为了那场拳击才去的。史蒂夫对我笑的时候，

---

① 杰克·约翰逊（John Johnson，1878—1946）：绰号"加尔维斯顿巨人"，是美国
第一位非洲裔世界重量级拳击冠军。

那个婊子养的黑杂种跳起来给了他一记冷拳。史蒂夫揍一百个这样的黑杂种都不在话下。"

"他是个很棒的拳击手。"伐木工说道。

"他确实是,"染着金发的姑娘说,"我祈求再也不要出现像他一样的拳击手了。他就像神一样,他就是神。他是如此白皙干净,又如此英俊,动作潇洒迅捷,像老虎一样,和闪电别无二致。"

"我在拳击电影里看到过他。"汤姆说。我们都被打动了。爱丽丝浑身颤抖着,我看向她,发现她竟然哭了起来。几个印第安人走到了屋外的站台上。

"他比任何丈夫都要强,"染着金发的姑娘说,"老天在上,我们在心底结了姻缘,上帝可看在眼里了。我此刻是属于他的,我将永远属于他,我所有的一切都为他而生。我不在乎我的身体,我可以弃它而去,但我的灵魂属于史蒂夫·凯切尔。上帝为证,他是个真正的汉子。"

每个人听了都觉得不大好受,既令人悲伤又有些尴尬。爱丽丝,那个还在发抖的妓女说话了:"你这个肮脏的骗子,"她压着嗓门低声说,"你这辈子就没和史蒂夫·凯切尔睡过,你自个儿心里清楚。"

"你怎么敢说这样的话?"染着金发的女郎傲气地说。

"我敢说是因为我说的是事实,"爱丽丝说,"我是这儿唯一一个认识史蒂夫·凯切尔的人。我从曼塞罗来，在那儿认识了史蒂夫·凯切尔。这是真事儿，你自己也知道这是真的。我的话要是不真就让上帝降雷劈死我。"

"上帝也可以劈死我。"染着金发的姑娘说。

"我说的是真的，真的，真的，而且你知道我讲的是事实。不是编的，而且我清楚地记得他对我说过的话。"

"他说了什么？"染着金发的姑娘得意扬扬地问。

爱丽丝泣不成声，身体抖得几乎要讲不出句子："他说：'你是个可爱的小甜饼，爱丽丝。'这就是他说的话。"

"你撒谎。"染着金发的姑娘说。

"这是真话，"爱丽丝说，"真的，他就是这么说的。"

"骗人。"染着金发的姑娘骄傲地说。

"我没有，它是真话，真话，真话，耶稣和圣母玛利亚为我做证！"

"史蒂夫不可能说那种话，他可不会用那种方式说话。"染着金发的姑娘开心地说。

"是真的，"爱丽丝用她甜美的嗓音说，"再说，你信不信又碍不着我什么。"她不再哭了，平静了下来。

"史蒂夫压根儿不可能说那种话。"染着金发的姑娘扬言道。

"他说了，"爱丽丝微笑着说，"而且，我记得他说那句话的时候，我确实还是个可爱的小甜饼。现在，我依然比你强，你这个干巴巴的旧热水瓶。"

"你胆敢侮辱我，"染着金发的姑娘说，"你这个肥婆脓包，我记得可清呢。"

"不，"爱丽丝嗓音甜美地说道，"你根本就没什么真实的记忆。除了卖屁股，就是吸可卡因和吗啡的时候，你脑子里还装了点儿东西，其他的都是你从报纸上看来的。我做人光明磊落，你心里清楚，就算我块头大，男人们还是喜欢我，这点你也清楚，而且你知道我从不说假话。"

"别来糟蹋我和我的回忆，"染着金发的姑娘说，"我那些真实美好的回忆。"

爱丽丝看了看她，又看了看我们，那种受伤的表情从她脸上消失了。她微笑着，我才发现她有张我从未见过的美丽面孔。她有着漂亮的脸蛋儿、细腻的肌肤和甜美的嗓音。她简直完美极了，而且她还那么友好。但是，老天爷，她太大了，她简直跟那三个女的加起来一样大。汤姆看见我瞧着她，便说："来吧，我们走。"

"再见。"爱丽丝说。她的声音可真好听。

"再见。"我说。

"你们两个男孩要走哪条路？"厨子问。

"走跟你不一样的那条路。"汤姆告诉他。

暴风雨过后

其实并不为什么事，没什么值得拳脚相向、大打出手的事，可我俩后来却不由分说地打了起来。我滑了一跤，他拿膝盖抵着我的胸口，两手掐着我的脖子像是要扼死我似的。而我一直试图从衣服兜里摸出刀子给他一下，叫他松手。所有人都醉过了头，压根儿没法把他从我身上拉开。他掐着我的脖子，把我的脑袋往地板上撞，我掏出刀子打开来，在他胳膊上划了一刀，他才放开了我。这下，就算他想抓住我也没那本事了。他抱着那条伤胳膊滚到一边，哭了起来。我说：

"你他×干吗要掐我脖子？"

我当时就该宰了他的，整整一周都咽不下去东西，我的喉咙可被他伤惨了。

那时，我当即跑了出去，跟他一伙儿的有乌泱泱一大帮子人，有些跑出来追我。我拐了个弯，顺着码头往下走，路上碰见一个家伙说街上有个男人被杀了。我问："谁杀了他？"他说："我不知道谁杀的，但他确实死透了。"天已经黑了，街道上满是积水，没有一丝光亮儿，窗户破破烂烂碎了一地，船都被吹到镇子里头了，树被刮断了枝，所有的东西都被狂风吹得乱七八糟的。我弄了条小艇，划出去找我的船，它被我停在曼格礁里边，除了舱里灌满了水，其他都还好好的。于是，我把舱里的水先舀出来些，接着又泵抽干了它。天上虽挂着一轮月亮，但是云太多了，月亮被遮了起来。暴风雨的势头依然猛烈，我顺着风一路划行，天亮时已经驶离了东港。

兄弟，那真是很可怕的暴风雨。我是第一个开船出去的，那么大的水我还从没见过。浪从东港滚滚而来，直扑西南面儿的礁石湾，颜色白得跟碱水一样，叫你分辨不出海岸线。海滩中间被风刮出一条大沟，树林子被强风吹得压俯下来，从中间岔开了条道，粉笔一样白的水到处都是；树枝、一整棵树和死掉的鸟都漂在水上，要什么有什么。礁石湾里简直聚满了全世界的鹈鹕，各种各样的鸟儿都在里头飞来撞去。它们肯定是知道暴风雨要来，早早就在这里躲好了。

我在西南礁石湾待了一天，没人来追我。我是第一个把船开出来的，我看见有根桅杆漂着，就知道有船被吹毁了，于是动身去找，果然找到了它。那是艘三桅纵帆船，我只能看见几根桅杆的残桩露出了水面，它已经沉在水里太深，我没法儿捞出任何东西了，因此又往它跟前靠了靠，看看能不能发现其他什么玩意儿。是我先发现了它，我清楚自己有权利把能找到的东西都弄到手。我离开那条三桅纵帆船，沿着沙洲一路开去，没发现任何东西，便朝着流沙的方向开了很长一段路，依然什么都没找到，只好再往前开。接着，吕蓓卡灯塔进入了我的眼帘，各种各样的鸟闹哄哄地聚在什么东西上。我朝着它们开过去，想瞧瞧那是什么东西，能让那些鸟群像乌云一样围着它。

　　我看见一个像桅杆一样的东西从水里戳了出来，当我开到它跟前时，那些鸟一下子轰飞到空中围着我打转。水面很清澈，那个桅杆似的东西刚好伸出水面，我靠近一看，发现水下黑漆漆一片，像是有个长长的黑影。我把船划过去，原来水里是一艘邮轮，整个儿船身都躺在水下，俨然是个庞然大物。她^①侧躺着，船尾深深下沉，舷窗紧紧关死了，我能看见窗玻璃都在水中闪闪发光，还有整个儿船身。我生平从未见过这么大的船，她如今就躺在那儿，我顺着船长的一面开过去，然后在船身另一

---

① 文中所用"她"，指的皆是沉船。

头下了锚，把甲板上的小艇拖过来推下水，在鸟群的围绕下划了过去。

我有一副水下观察镜，跟采海绵时用的那种差不多，我的手抖得不像话，几乎都握不住它。沿着船身划过去，就能发现所有的舷窗都紧闭着，但是船只靠近水底的某个地方一定被打开了，因为一直有零零碎碎的东西浮上来。你说不出那究竟是些什么，总之就是零碎的玩意儿。那些鸟儿就在争抢那些东西。你从没见过那么多鸟，它们都围着你，疯了似的叫个不休。

所有的一切我都能看得清清楚楚。我能看见她庞大的躯体，在水下看她大约有一英里长。她躺在一片干净的白色沙地上，由于船体朝一边儿斜躺着，因此那伸出水面的桅杆应该是前桅，或者是什么索具之类的。船头离海底比较远，我可以站在船名的几个字母上——名字就印在船头的位置，我的脑袋刚刚好能露出水面来。但是最近的舷窗也在水下十二英尺的地方，用鱼叉能勉强碰到，我试图捅破它，但是舷窗太结实了，压根儿捅不破。于是，我划回船上，拿了把扳手把它绑在鱼叉顶部，结果还是打不破。我待在那儿，透过观察镜看着这艘邮轮，她里面肯定装了值钱玩意儿，恐怕得值五百万美金呢。

一想到她里头装了那么多宝贝，我就激动地直发抖。

我能看见舷窗里头的壁橱，但是没法儿透过观察镜辨清楚。用鱼叉什么都做不了，于是我脱了衣服，站着深吸了两口气，拿着扳手从船尾跳进海里，向下游去。等我游到舷窗边上时，还能憋个几秒，我看见窗户里有一个女人，头发散开漂浮着。我清楚地看见她漂在水里，我用扳手用力地敲了两下窗户，耳畔只听见击打的声音，但舷窗并没有破，我不得不游上来。

我扒着小艇，缓了缓气，然后爬进舱里，又深吸两口气潜进了水里。我游了下去，用手指抓着舷窗口，使出吃奶的力气想用扳手砸玻璃窗。透过玻璃，我看见女人漂浮着，她的头发原先是扎在一起的，现在都披散着随身体漂在水里。我能看见她一只手上戴着的戒指，就漂在距离舷窗挺近的地方。我又朝玻璃砸了两下，它连条裂缝都没有。我上到水面上时心想：除非换气，不然就绝不上来。

我又一次游了下去，这次我把窗玻璃砸破了，不过只是弄出了条裂缝。上来时，我的鼻子在流血，我赤脚站在邮轮的船头，踩着船名的字母，把头露出水面来略歇一歇。接着，我游向小艇，费力把自己弄进去，坐在那儿等头痛好点儿，继续低头看着水下观察镜。但是，我的鼻血止不住地流，我只好把观察镜放在水里清洗了一番。我躺回到小艇上，把手堵在鼻子下面止血，我仰头躺着，抬眼看见数不清的鸟四下里飞来飞去。

当鼻血止住时，我再次透过观察镜看了看情况，然后划向小船，想找个比扳手重的东西，可惜我什么都没找到，甚至连捞海绵的铁钩都没有。我又折了回去，海水还是那么清澈，落在白色沙地上的东西看得一清二楚。我放眼寻找鲨鱼，但是一条也没有，鉴于海水这么清澈，海底又白得一览无余，你能在很远处就发现鲨鱼的踪影。小艇上有个泊船用的抓钩，我把它砍了下来，潜入水中，让它坠着我往下沉。抓钩扯着我一路沉了下去，经过舷窗时我试着伸手去抓，但什么都没抓住，只是一个劲儿地往下坠落，沿着船体的曲线滑了下去。我不得不放开抓钩，只听"砰"的一声，它沉到了底部。再次钻出水面时，我觉得像是过了一年那么久。小艇随潮水漂远了，我只好带着我流血的鼻子往小艇游去，一边游，一边庆幸没有鲨鱼出没，但是我累坏了。

我头疼得几乎要裂开了，于是躺在小艇上休息了一会儿，然后又划了回去。这会儿已经到了下午了。我又一次拿着扳手潜入海中，照样没什么成果。那个扳手太轻了，除非你有个大铁锤或者足够重的东西，否则再潜下去也是白费力气。于是，我又一次把扳手和鱼叉绑到了一块儿，透过水下观察镜对着玻璃窗一顿猛砸，直到扳手从叉子上脱落。我在观察镜里看得清清楚楚，扳手顺着船体滑下去，然后坠了下去，陷进流沙之中，而我只能干瞪着，什么都做不了。扳手没了，我还弄丢了抓钩，所以只得划回船上。我累极了，根本没力气把小艇拖上来。太阳已经低垂，那群鸟也都四散飞走，离开了邮轮。我拖着小艇往西南礁石湾开去，鸟群在我身边跟前跟后的。我真是精疲力竭了。

那天晚上大风起来了，整整刮了一个礼拜。你根本无法接近那艘邮轮。他们从城里出来，告诉我那个被我划了一刀的家伙没出什么事儿，只不过是伤了胳膊而已。于是，我回到城里，他们押了五百块，跟我订了合约。一切都进行得很顺利，因为他们中有几个是我的朋友，发誓说要带把斧子跟我一块去船那儿。然而，等我们回到邮轮跟前时，希腊人早就炸开了船，把船洗劫一空了。他们用炸药炸开了保险箱，没人知道他们捞到了多少。邮轮上的黄金都被他们弄走了，把她搜刮了个干净。是我发现她的，可我连一个钢镚儿都没搞到手。

那场暴风雨真是如地狱一般。他们说暴风雨来袭时邮轮就在哈瓦那港口外面，没法进港，要不就是船东不让船进来。他们说船长想试一试，所以就顶着暴风雨开了，天黑时，她还冒着狂风试图穿过吕蓓卡灯塔和托图加①之间的海峡，就在这时撞上了流沙。也许船舵被冲走了，或许他们根本就没有掌舵，但是无论如何，他们都不可能知道那儿有流沙。当邮轮陷进去时，船长一定命令船员打开压载舱，以便船能稳定下来。但是她撞上的是流沙，当他们打开压载舱时，船尾先陷了下去，再接着就是船舷和船尾。邮轮上有四百五十名乘客和船员，我发现这艘船时他们一定都在里面。他们肯定在她一遭受撞击时就打开了压载舱，船体落入海底后就被流沙吸了进去。后来，一定是锅炉炸开了，那些碎片儿就是这么漂出来的。有趣的是，尽管惨成这样，附近居然一条鲨鱼也没有，连鱼都没有。海底的沙地那么白，那么干净，要是有鱼的话，我是能看见的。

　　这会儿倒是能看见不少鱼了，都是些大个儿的海鲈。一大半的船体已经陷入了流沙之中，但是这群大鲈鱼却游了进去。它们有的重三百到四百磅，有机会得弄它几条来才好。我们能在沉船这儿看见吕蓓卡灯塔，现在塔上有了航标。这艘邮轮陷在流沙的尾端，就在海湾边上，当时再行个一百码的距离就能进港口了，但她错失了。暴风雨里黑漆漆的什么都看不见，入港就没能成功。在大雨滂沱下，

---

① 托图加（Tortugas）：位于美国加利福尼亚。

他们根本看不见吕蓓卡灯塔。他们不常经历这种天气，邮轮的船长不惯在暴风雨中航行。他们有航道，他们告诉我说船上安装了一种罗盘，可以自动导航。他们在暴风雨里瞎跑时大概都不知道自己在哪里，不过他们差一点儿就成功了。可能是丢了舵的缘故吧。他们进了港湾的话，无论如何都撞不上什么东西，能一路顺顺当当地开到墨西哥。他们一定是在暴风雨中撞上了什么，船长才叫人打开了压载舱。那么猛烈的风雨，没人能待在甲板上，所有人一定都在船舱里，待在甲板上那就活不成了。里头肯定乱成了一团，因为船沉得很快。我看见过扳手被流沙卷进去的样子。邮轮撞上去的时候，船长还不知道那是流沙，除非他很熟悉这片水域。他只知道撞上的不是石头。他在船桥上一定都看见了，当她往下沉的时候他就知道大难已经临头。我不禁想这艘船该沉得有多快，不知那时候大副是不是和船长待在一起。你觉得他们是在船桥里头还是在外面呢？他们没找到任何尸体，一具都没有。什么浮尸都看不见。要是有救生圈的话，还能在海面上漂很长的路呢，可见他们俩一定是在船里头。话说回来，希腊人已经把什么都卷走了，一切东西都没了。他们肯定来得很快，把她劫掠得一干二净。鸟群先找到了她，然后是我，最后才是希腊人。连鸟得到的都要比我多。